TAKE
SHOBO

楽園で恋をする

ホテル御曹司の甘い求愛

栗谷あずみ

ILLUSTRATION
上原た壱

蜜夢
MITSU
YUME

楽園で恋をする
ホテル御曹司の甘い求愛

CONTENTS

MITSU YUME

イラスト／上原た壱

楽園で恋をする

ホテル御曹司の甘い求愛

Paradise Lovers

プロローグ　波音は求愛の調べ

波が行き来する音って、こんなにゆっくりだったっけ。

固い掌と、潮の匂いを孕《はら》んだ南国の風。覆うものひとつない素肌を撫《な》でていくふたつの感触が、優梨《ゆうり》の呼吸を甘くほどけさせる。

砂浜に置かれたソファベッドの上で、男と絡み、何度もキスをされた体は、おかしくなりそうなくらい熱を発していた。

それなのに、風がきもちいい、などと感じる余裕があるのが、自分でもふしぎだ。

ざざ……ん……ざざ……。

透明な波が渚に打ち寄せ、白砂を攫《さら》うように引いていく。

この広い空の下で、晴れの日も、雨の日も、毎日。何十年経っても変わらない営み。

(——私たちは、きっと、そうじゃない)

ぼんやりと考えているうちに、男が、優梨の膝頭の間に体を割り入れる。

まるで抵抗できない。蕩《とろ》けるような愛撫《あいぶ》に、体の輪郭まで溶けてしまったようだった。

「優梨」

悪い魔法使いのように、甘い声で、弱点を知り抜いた指先で、見透かすような眼差しで、優梨を籠絡《ろうらく》しようとする彼のことを、王子様などとよく言ったものだ、と思う。

広げられた足の付け根に、風が当たると冷たい。

男を受け入れる準備なんて、もう、とうにできていた。

浅ましく渋澤《しぶさわ》を求める自らの体に、優梨は裏切られたような心地にさせられる。

どうして。今だけなのに。

住む世界が違うのだから、勘違いさせないで欲しいのに。上手にかしずいて、お姫様気分にさせておいて、最後はきっと無責任に放り出すなんて、残酷だ。

唇は渇き、うわずった声をこぼれさせるだけの壊れた器になり果てている。

嬌声《きょうせい》をあげる優梨の手を取り、渋澤は自分の背中に回させた。

ふたりの体の間に籠《こ》もる汗ばんだ熱。

しかし、優梨の胸の中には、冷めた本心が隠れている。

己に言い聞かせるように、繰り返し思った。

これは夢。

ちょっとしたバカンス。

このひとは私の王子様なんかじゃない。……だから、期待なんて、してはだめ。

表情を翳《かげ》らせたことに気付いたのか、渋澤はふいに行為を中断して、優梨の前髪をかき上げ、額に優しくキスをした。

「なにを考えているのかな？」

「……なにも」

息を整えて、優梨は返事をする。

ああ、つんと澄まして感じが悪い声、と、我ながら思った。

職場の人間に、優梨がこのように応対することは、普段ならまずない。

お付き合いをしている相手なら、尚のことだ。

相手の求める『高田《たかた》優梨』像を上手に演じて、その場をやり過ごす方法は、知っているつもりだった。

もう少し、自分は器用だと思っていたのに。

(このひと相手だと、勝手が狂う)

他人への深入りを避け、上っ面だけで取り繕っていた優梨を、変えたひと。

「まだ随分余裕があるみたいだ」

「あ、あっ……なに……」

渋澤は体を下にずらし、優梨の左足を高く持ち上げた。

こんなことをされたら、全部、見えてしまう。

嘘《うそ》のように無防備な体勢に羞恥がかきたてられ、足の奥からじわりと、蜜が滲《にじ》んだ。

「……やっ……やだ……やめてくださ……」

泣き出しそうな声で訴える優梨を無視して、渋澤はその端正な面に微笑みを浮かべながら、剥き出しのつま先に唇を寄せた。

「……っ、う……」

柔らかな唇が、かすかに優梨の小指を食んだかと思えば、ふいに熱い口内に導かれ、かり、と甘噛《あまが》みされる。

ぬるりとした感触に、劣情を炙《あぶ》り出されるような心地がした。

「……っ……こんなっ……。だめ……」

「なにがだめ？」

「こんな……ぁ……汚れちゃ……」

「汚いわけがないだろう。全身どこもかしこも愛しくて、普通に触るだけじゃ足りないんだ。いっそこのまま食べてしまいたいくらい、かわいい。かわいい優梨……」

「っぁ……やっ、やだ、やめ……」

「震えないで。まさか本当には、そんなひどいことはしないよ。……でも、永遠にこうしていたいくらい、幸せだ。かわいい優梨。絶対に離さないから、覚悟して――」

甘い声音で口説き文句を囁《ささや》く渋澤は、一見、物腰柔らかな好青年に見えるのだが、その実なかなかの曲者だ。

一度言い出したら聞かない、強引な性格。

それを思うと、ただの睦言だと聞き流すのも難しく、頭を抱えたくなってしまう。

(覚悟……なんて……しません……)

口元を自分の手で封じ、視線を横に流して刺激に抵抗しようとするが、渋澤は自分の存在を誇示するかのように、不埒《ふらち》な掌を優梨の膝裏から太腿《ふともも》へと這《は》わせていく。

「あ……っ」

吐息は噛み殺せても、時折びくっと痙攣《けいれん》する足先をごまかす術は持たない。

自分のすべてを握られている。

どこもかしこも、好きに触られてしまう。

支配される感覚に、優梨は我知らず酔っていた。

優梨が感じているのを知りながら、渋澤はゆったりと、まるで波の調べに合わせるように、巧みな愛撫で更に感度をあげようとしてくる。

「……やだ……っも、おかしくなっちゃ……」

「まだ余裕だろう？　優梨。かわいい声が、あまり聞こえてこないよ」

「あ……だ、ってっ、こんな、外で……んっ」

「誰もいない無人島だって、言っているだろう」

そうは言っても、野外で、昼間のうちから服を剝ぎ取られ、事に及んでいるのだ。

万が一を思うと、落ち着ける筈《はず》などない。……なのに。

「あ、あ、……っぁ、やぁっ……」

蜜を掬《すく》った指で、ふやけた襞《ひだ》をこすられると、耐え切れずに高い声が漏れてしまう。

浅く掻《か》かれ、疼《うず》きが強まる。勝手に腰が揺れてしまう。淫靡《いんび》な水音が、波音に混ざる。

「優梨のかわいい声は僕しか聞かない。僕しか、見てない。だから、存分に乱れて」

「そんな、ふぁ、んぁぁ……っ」

渋澤は痕がつくほどの強さで優梨の首筋に吸い付く。

そちらに気を取られた瞬間、ひりつく疼きを抱える秘玉が、襞の中から探り出された。

薄皮に包まれた小さな実を掬うような動きに、優梨の体が大きく跳ねる。

「あっ、ん、や、やぁ……っ、そこだめぇ……」

「感じて、高まって――。ふたりで、もっと、もっと、溺れてしまおう？」

「あ、っあ、やぁぁ……っ！」

溺れるなんて、絶対にだめ、と、理性ではわかっているのに。

奔流のような快楽の波に揺さぶられ、深く呑《の》まれて――やがて優梨は、目を閉じる。

1　潤い初めの季節

　オフィスには、まだ新築独特の塗料の匂いが薄く漂っている。

　汚れひとつない部屋には、新品のパソコンが置かれたデスクが並べられ、優梨を含めて三人の女性が、それぞれ業務に勤《いそ》しんでいた。

　薄いドアを一枚隔て、奥に経理部長の部屋があるのだが、唯一の男性である彼は管理職ミーティングで出払っていることが多いので、実質このオフィスで顔を合わせるのは、ほぼ女性となる。

　優梨は、女性の同僚というものに苦手意識を持っていたので、どうなることかと初めは緊張したのだが、半月働いてみて、わかった。

　少ない社会人経験で、なにかを決めつけるのは、良くない、と。

　ここは以前の職場と違って、かなり居心地の良いオフィスのようだ。

「高田さん。法人用入金表のフォーム、これはうちのオリジナルだったかしら？」

向かいの席から声をかけてきたのは、いかにもベテラン然とした四十代の立花《たちばな》だ。少しふっくらしているおかげで若く見える顔に、赤いフレームのめがねをかけている。

「本社のフォームを少し手直ししました。こちらで使いやすいようにアレンジしていいと部長から伺ったので、不要だと思われる項目を外したのですが……いかがでしょうか」

「ええ、いい仕事だと思うわ」

「本社のフォームって、そのままじゃ使いづらいもんね。日本じゃ必要ない項目も多いし、いちいち英語だし。外資系の会社ってそういうところが面倒なんだよなー。今回は開業だから、尚のこと」

立花の隣の席で、伸びをしながらぼやくのは斉藤《さいとう》。歳は優梨の五つ上の二十八歳だという。高い位置でまとめた黒髪ときりっとした眉が特徴の姉御肌で、面倒見がいい。優梨が初出勤した日、館内や他部署のメンバーを紹介して回ってくれたのも彼女だった。

「でも、斉藤さん、英語お上手ですよね？　この間も、本社からの英語の電話、代わってくださって。助かりました」

「ああ、話す分にはね。適当だけど。あいつら、こっちが黙ってたら無茶振りばっかりしてくるんだから。NOの時はNOって言わないと、日本人は付け入られるばっかりよ」

優梨の職場は、三ヵ月後にオープンを迎える予定の、外資系ホテルの経理部だ。

会社の正式名称は『ヴィネタ　ホテル&リゾート』。

本社はアメリカのニューヨークにあり、ハワイ・グアム・東南アジアなどにリゾートホテルを、アメリカ・ヨーロッパ・中国などにはシティホテルを多く展開する大企業である。世界的に知られた『ヴィネタ』ブランドのホテルだが、これまで日本では、東京と横浜にシティホテルが一軒ずつあるのみだった。

この度、満を持して、『ヴィネタ』の十八番である高級リゾートホテルが、沖縄の離島にオープンすることになったので、業界からはかなりの注目を集めているという。

沖縄本島から更に飛行機や高速船を使って向かう離島は、大自然に囲まれた南海の秘境。島のどこからでも美しいビーチが望め、「なにもしない贅沢《ぜいたく》」を味わえる楽園だ。

その開業準備室の一員として、まだ内装工事中のホテルのバックヤードで、一足早く働き始めているのが優梨たちだった。

従業員もまだフルメンバーではなく、部署ごとに研修などのスケジュールが組まれ、段階的に入社してきている。

幹部スタッフ以外は、ほとんどが新規採用らしい。

元から島の住人だった者より、沖縄県外から引っ越してくる者の方が多いから、アパートや飲食店が新築され、前よりもかなり賑《にぎ》やかになってきた。そう、半年以上前からこの島に住んでいる経理部長に聞かされたが、まるで実感が湧かない。

四階のオフィスの窓から見えるのは、琉球赤瓦《りゅうきゅうあかがわら》の集落とさとうきび畑、亜熱帯の植物と珊瑚《さんご》の海。絵葉書のような光景に鳥の声がのんびりと響いて、どこまでも牧歌的である。

（スタッフが揃《そろ》って、オープンを迎えて。お客様がいらっしゃるようになったら、また島の雰囲気も、今と変わってしまうのかな……）

優梨は、静かな島の雰囲気も、職場の空気も気に入っているので、変化を恐れる気持ちがないと言えば嘘《うそ》になる。

けれど開業は、純粋に楽しみだった。

まだあちらこちらに青いシートがかかり、家具も揃っていない、未完成のホテル。備品ひとつ、オフィスで使う書類ひとつとっても、どんなものにするかは開業メンバーの自分たちの手に委ねられている。

もちろん『ヴィネタ』ブランド全体としての決まりごとはあるが、それぞれの土地の特性を生かすため、各々の現場にある程度の裁量は与えられていた。

大変だが、やり甲斐《がい》がある。そして苦労が多いからこそ、開業メンバーとして、部門内でも部門を越えても、チームワークがいいというプラス面があった。

ほぼ全員が同時期の入社だからだろう、気を遣う序列や派閥といったものにも、今のところ遭遇したことがない。

その風通しの良さこそ、今の優梨にとっては、なによりありがたいことだ。

『そういえば、今日バーのマネジャーの家で、また飲み会があるんだけど』

ふいに、優梨のモニターの隅に、新着メールがポップアップのかたちで表示された。

備品データの打ち込みの手を止め、ちら、と視線をあげたが、差出人の斉藤は素知らぬ顔でキーボードを打っている。

『ありがとうございます。ぜひご一緒したいのですが、今日は生ものの宅配便が来る予定になっていて、残念ながら都合が合いません……』

『りょーかい、マネジャーの秘蔵ワイン味わってくるわ！　高田ちゃんもまた今度〜』

メールを打つと、即座に軽やかな返事が返ってきた。文面からも、斉藤のさっぱりとした気性が伝わる。お誘いを断ってしまった心苦しさが軽減されて、ほっとしながらも、

（……本当に、不快に思ってたりしないかな）

優梨の中で、わずかな怯《おび》えは抜け切らない。

初めてのひとり暮らしで、まだ家事や生活ペースに慣れていないことを、立花や斉藤には伝えていた。わからないことを訊くと、親身に相談に乗ってくれる彼女たちが、飲み会に顔を出さないだけで陰口などを叩《たた》く性格には到底見えない。

しかし表面上はにこにこしつつ、裏では悪口と同調圧力の嵐、という人間関係がドロドロの女性中心の職場を経験した優梨は、人間不信をまだ解消しきれずにいる。

（皆優しくて、気持ちのいいひとたちばかり……。それに適度に忙しくて、充実した職場では、陰湿な虐めでストレス解消をするようなことはないみたい。……でも、親しくなりすぎないよう、距離感は、大事にしなきゃ）

既に優梨は、人間関係のストレスから来る体調不良が元で、東京の歯科助手の仕事を辞め、転職というかたちで新天地に飛び込んだ後だ。

都会とはまるで生活スタイルが異なる、知り合いも近くにいない島で、新しい生活を始めることは、それなりに勇気が必要だった。

今度は失敗したくない。その思いが鎖のように優梨に絡み付いて、自由さを奪っていた。

飲み会に行く立花と斉藤を定時の十八時に送り出し、三十分ほど残業して本社に送る書類を作り終えた優梨は、静かになったオフィスでひとり、パソコンの電源を落とす。

その間、入電メモを整理するために下を向いていたので、開け放したドアから入ってきた存在に、声をかけられるまで気付かなかった。

「部長はいらっしゃいますか？」

涼しい男の声に顔をあげ、返答をしようと唇を開いたが、喉元で声が止まってしまった。

（……か、恰好《かっこう》良い……）

長身に、やや癖のある柔らかそうな栗色《くりいろ》の髪。

柔和だが、ほんの少し気怠げに細められた目。すっきりとした鼻梁《びりょう》。口元は、優梨と目が合った瞬間、如才なさげに微笑のかたちになる。

顔の彫りの深さ、仕立ての良さそうなスーツの着こなしが合わさって、どことなく海外ドラマに出てくるエリートのような、日本人離れした雰囲気を感じた。

（誰だろう、こんな……）

ＴＶ画面越しではなく、男性の顔に見惚《みと》れてしまったのは、初めての経験だった。

まばたきしながら、なんとか心を落ち着け、声を発する。

「申し訳ありません。部長は夕方頃、ミーティングルームに行かれてから、こちらには戻っておりませんが」

まだ心臓がどきどきしているので、きちんと返答できているか、自信がなかった。

「ああ。じゃあ、まだ副支配人《RM》に捕まっているんでしょう。いつものことだ」

独特の響きを持つ、低くて好ましい声が、優梨の耳の底でじんわりと熱を持つ。

「……え、ええと、よろしければ、ご伝言をお預かりしましょうか?」

「いえ、結構。また明日、直接話します」

男は左手につけた腕時計に、ちら、と視線を落として言う。

その余裕ある態度や身につけているものの品格、部長を訪ねるのに気負いが見えないことから、管理職クラスの人間ではないかと直感が告げていたが、しかし、それにしては若すぎる。どう見ても、二十代後半といったところだ。

(こんなひとが、ホテルの従業員の中に、いるんだ……)

芸能人のように整った容貌に再度見入ってしまわないよう、男のネクタイ辺りを見ながら、優梨は動揺を抑えた。

これまで、特に自分を面食いだと思ったことはなかったが、彼を正視していたら、恥ずかしくてそのうち溶けてしまいそうだ。

「そうですか。それでは、よろしくお願いいたします」

「…………」

用事はそれで終わりかと思ったのだが、男は退室する様子を見せなかった。

ふしぎに思って目を覗《のぞ》き込むと、視線がかちあい、見つめ合ってしまう。

(な……なに……?)

なんでもないことの筈《はず》なのに、頬が熱くなった。

意識しすぎているのかもしれないが——どこか、男の視線は不躾《ぶしつけ》で、意味深だ。確かめるように優梨の顔をじっと見る。口の端に浮かんだ笑みが、なにか言いたげにも見えた。

「飲み会」

「……え？」

「行かれないんですか？　今日の。そろそろ向かった方がいい時間ですよ」

「あ、あ……バーの、マネジャー主催の、ですか？　残念ですが、都合が悪くて」

一体どんなことを言い出すのか、どきどきしていた優梨は、少しだけ拍子抜けしながら答える。

男はそれだけでは引き下がらず、首を傾げた。

「ご用事ですか？　最初だけ顔を出すなら、僕もこれから行くので一緒にどうでしょう。ふたりなら、もう始まってしまっていても、入りやすい」

「いえ、あの。お気遣いはありがたいのですが、宅配便が届くので……。もうすぐ来ると連絡があったところで」

眉を下げ、本当に残念ですというような笑顔を作りながら、直接断りを告げるのはメールよりも難易度が高いことを知る。

ほとんどの者が島外出身者でひとり暮らしという前提があるので、家族や友人との先約を口実にすることができない。ジムや習い事の施設もないので、理由にできない。

家事が残っていて、とか、疲れが溜《た》まっていて、などとひどく個人的な理由を告げても、立花や斉藤ならわかってくれそうだったが、相手によっては押し切られてしまいそうだ。

（親切なひとみたいだけど……できれば、ほうっておいてくれたら……）

優梨にも、同僚との親睦の機会を全否定する気持ちはなかった。

ただ、有志の集まりまで、毎回参加することはしない。

今日は行かないと決めたのだ。

嘘がばれないか、ひやひやしている状態を引き延ばされるのは、苦しかった。

「……あの、ですので、もう帰ろうと思います。電気、つけておいた方がいいですか？」

「いえ。出ますよ」

優梨の退出に合わせて、男も部屋を出る。

従業員用エレベーターまで一緒に行くと、タイミング良く、下行きのエレベーターがすぐに来た。

「僕は一度オフィスに戻りますので」

「はい。では、お先に失礼させていただきます。お疲れ様です」

「お疲れ様。高田優梨さん」

「……え」

軽くお辞儀している時に、不意打ちで名前を呼ばれ、慌てて顔をあげた。

エレベーターの扉の向こうで、男はにこり、と笑っている。

（……私……名乗ってないよ……ね……？）

戸惑ううちに扉が閉まり、エレベーターが下降を始めた。

驚いてどきりと跳ねた心臓は、そのまま痛いくらいに脈打ち続けている。

何故、名前を知っているのだろう。

胸元を確認するが、首に下げるかたちのタイムカード兼社員証は、仕事のきりがついたところで、機械で退勤処理をして、そのままバッグの中に仕舞っていた。

男が来たのは、その後、片付けをしている時だ。見られた筈はないのだが。

（どこかで会ったことがある……？　あんな印象に残るひと、一度会ったら忘れないと思うのだけど……）

昔の知り合いに、こんなところで会うとも思えない。

きちんと初めに自己紹介して、彼の部署や名前も聞いておくべきだったと思うが、今となっては後の祭りだ。

（……仕方ない。ほうっておいても、そのうち噂《うわさ》が回ってくるわ）

あれだけ目立つひとならば、女性社員がほうっておかないだろう。

（飲み会に行けば、話せたのかもしれないけど……。すごく競争率高そうだし。観賞用かな……。それくらいが、ちょうどいいな）

オフィスで見かけるだけで、一日いい気分で過ごせそうだ。

次は、いつ会えるだろう。

楽しみがひとつ増えた、と思いながら、エレベーターを降りた。


社員寮の一棟であるアパートの部屋に帰りつき、ドアを閉めると、ほうっ……と重たい溜め息が漏れた。

それほど肉体を酷使する仕事ではないにもかかわらず、オフィスで張り詰めていた神経が弛緩《しかん》すると、疲労感と眠気が一気に襲いかかってくる。

帰宅するまでは、今日はどういう順番で家事をやって、部屋を片付けて……と頭の中で段取りするのだが、いざ帰りつくとなにもできないことの方が多かった。

取り急ぎ、必要なものを引っ張り出した後の、不恰好な引っ越し用のダンボール箱。

その周りに散らばった服や化粧品。

洗い物のできていないシンク。

弁当殻を入れて口を縛った、スーパーのポリ袋。

今週はまだ一度も炊飯器で米を炊けていない。

(今日こそ……。ちゃんと、やらなきゃ……)

思いながらも、コットンで拭くだけの化粧落としで顔を拭い、ベッドにダイブする。

するともう、だるさで、一歩も動けなくなった。

飲み会に行っていれば、気力の消耗はもっと激しかっただろう。

(どうして、私はこんなに疲れやすいんだろう……。皆、仕事して、遊んで、家に帰ってから家事をして……きっと、ちゃんと、できているのに……)

職場ではきちんと身だしなみに気をつけ、デスク周りを整理整頓することができるのに、家に帰ると、気力が湧かなくなってしまう。

週末の休みには、洗濯や掃除をするので、それほど汚部屋のゴミの層は厚くならないが、それにしてもこの醜態には、自分で自分が厭《いや》になりそうだ。

溜め息を枕に吸い込ませているうちに、いつの間にか、優梨は眠ってしまっていた。

次の日の昼休憩。

まだ従業員食堂も営業が始まっていないので、オフィスのそれぞれの席で昼食を摂る。

立花と斉藤は手製の弁当だが、優梨は朝買ってきたサンドイッチと野菜ジュースだ。

そのうち、自分も弁当を持参したいと思っていたが、まだ実行はできていない。

給湯室で淹《い》れてきた食後のコーヒーを配りながら、優梨は、立花と斉藤の会話の中で気になる単語を聞き留めた。

「斉藤さん……。その、王子、って……」

「あっ、高田ちゃんは喋《しゃべ》ったことある？　秘書課の渋澤さん。すらっとしてて、すっごくイケメンでね。昨日の飲み会、顔を出してくれたんだ」

「渋澤……さん……」

それが昨日の彼と同一人物なのかどうか、名前だけではわからない。

首を傾げた優梨に向けて、立花がふんわり笑んで囁《ささや》きかけた。

「斉藤さんの、白馬の王子様なんですって。斉藤さんに限らず、ファンが多いのよねえ、あのひと。すてきだから無理もないけれど」

「私は関係ありませんみたいな顔してぇ。立花さんだって、地下に届いたダンボール箱を王子に運んでもらった時、目がハートになってたじゃないですか！」

「……ま。そんな。親切だわ、と思っただけですよ」

「そう、すっごい紳士的で優しいの！　重い物は持ってくれるし、レディ・ファーストだし、なによりあの物腰の柔らかさと値千金の笑顔よね。あれなら、たとえ性格悪くたって許せちゃうわ。立ち居振る舞いからして、上等感が香り立つっていうか……。系統は草食系なんだけど、雑草食べてる有象無象とはモノが違って、お召し上がりになっているのはきっと高級ハーブなのよ……。十把ひとからげじゃない本物って、やっぱり素晴らしいわ。牛にたとえるなら、A5等級の霜降り肉。豚ならハンガリーの『食べる国宝』マンガリッツァ。ワインならボルドー五大シャトーの、そうねシャトー・ラフィット・ロートシルトの優美と気品が相応しい……くうっ」

「斉藤さん、あなた、グルメ漫画の読みすぎよ」

妄想で胸を膨らませている様子の斉藤に、立花が冷静に突っ込むが、本人の耳に届いているのかどうかはわからない。

「本当、オーラだけで充分なくらい美味しかったわ。そこにいてくださってありがとうございますという感じ……。ま、上層部の集まりも別の場所であったみたいで、すぐ帰っちゃったんだけどね、残念。……高田ちゃん、今フリーなんだっけ？　狙うなら、早い方がいいよ。もう少ししたら、ベルとかフロント配属の、若くて愛想のいい女の子たちがいっぱい入社し始めるから、競争率がぐんと上がると思う」

自分に話を向けられ、優梨はとんでもない、と両手を振る。

「いえいえ。王子様なんて、恐れ多くってとても」

「またぁ！　いけるわよ、高田ちゃんはかわいいんだから」

「とんでもない……。今は、新しい生活に慣れるので精一杯で。恋愛は、まだ、いいかなと思っているので」

「まだいいかなと思っていても、落ちてしまうのが恋、ってね」

「やめてください、斉藤さん」

からかわれ、明るく笑いながら、その自分の様子が不自然じゃないか、外側からチェックするもうひとりの自分がいる。

（……渋澤さん。白馬の王子様……。あのひとの、ことなのかな。……そんな気がする）

ファンが多い。競争率が高い。第一印象で優梨が思ったのと同じことを、立花や斉藤も言っている。ということは、やはり普遍的に、皆がすてき、と思う男性なのだ。

やっぱり、遠くから見ているだけがいい。誰かと争ってまで手に入れようとは思わない。消極的にそんなことを思うと同時に、痛みのようなさびしさがわずかに胸を刺した。

2　王子様との接近

「わぁ……。二階に来るのって初めてです」

「前に通りがかった時はまだがらんとしていたけど、エントランスができてくるとちゃんとレストランに見えるわね」

「エドウィン・カノウの琉球《りゅうきゅう》フレンチが楽しみで、朝食抜いちゃった。食べるぞー」

別のある日のランチタイム。

優梨たち従業員は、『ヴィネタ』のメインダイニングから招待を受けた。

エグゼクティブシェフの紹介と、厨房《ちゅうぼう》機器の試運転を兼ねて行われる、従業員向けの試食会だ。実際に客に出すメニューを食べるわけではなく、内容はシェフにお任せとなるが、普段なかなか食べられない、珍しくて美味しいものを無料で食べられるとなれば、胸が弾んでしまう。

傷ひとつないホテルの館内を、汚さないよう、ビニールの靴カバーを履いて歩く。

廊下は照明が絞られ、工事道具やビニールシートが散らばっているので、客としてホテルへ食事に行くのとはまったく違う気分だった。自分はこのホテルの関係者なのだ、という実感が湧いてくる。

エントランスから一歩レストランの中に足を踏み入れると、三者三様の歓声が小さく漏れた。

「うわーぉ……。なるほどね。メインダイニングが高層階じゃないっていうのは、こういうことか……」

ラグジュアリーホテルのダイニングに通い慣れているらしい斉藤も、珍しいものを見たとばかりに、あんぐりと口を開けている。その理由は、迫力あるレストランの内装だ。

海側と山側、向かい合わせになったそれぞれの壁面が、大きくガラス張りになっている。海側の席からは透き通ったコバルトブルーの海と白浜のコントラストが、山側の席からは鮮やかな緑色をした亜熱帯樹林が望めるようなかたちだ。

大自然そのものを、巨大な額縁に入れて飾ったかのような存在感。

真っ白い大理石の床や壁紙、シンプルな籐《ラタン》のテーブルセットが、ふたつの力強い自然美をより引き立てている。

用意されたメニューも素晴らしかった。今日は便宜的に、セルフサーヴィスで好きなものを取るかたちにしてあったが、前菜からデザートまで、三ツ星ホテルやレストランを渡り歩いてきた有名シェフ独自の、工夫の凝らされた料理ばかりがずらりと並ぶ。

やんばる島豚や石垣牛、ノコギリガザミに島野菜といった、沖縄ならではの食材を、オーガニックハーブを用いたヘルシーで軽やかなフレンチに仕立てていて、ランチとは思えない贅沢《ぜいたく》な味わいだった。

「美味しかった！　オープンしてからも自腹でランチしに来ようっと！」

「天井が高くて、大きな窓から陽光が入るせいか、レストラン自体に圧迫感がないのがいいわね。どうも、ホテルの中のレストランって敷居が高く感じることがあって……」

「わかる！　女ひとりではなかなか踏み込めなくってさ。職場なら安心よ」

「でも、リゾートに女性ひとりで来られるお客様というのは少ないわよ……」

「目立つ？　やっぱり目立っちゃうかな？　うっ、でもいいもん、シェフと仲良くなって、新メニュー出るたびに食べにくるんだ……！」

会話が弾んでいる立花と斉藤の邪魔をしないように、優梨はそっと皆の食べ終わった皿をまとめる。

時計の針は一時近くを指していた。周りを見渡すと、満席に近い。少し遅れてこれから昼休憩を取る部署もあるだろう。

「高田ちゃん？」

「あ、お邪魔してすみません。食器、下げてきますね」

「わー、やらせてごめんねえ……」

申し訳なさそうに言うふたりに、いえいえ、と首を振って、立ち上がり、三人分の皿を持つ。食器を下げるワゴン台は置かれていないようだが、優梨の実家は小さな食堂をやっているので、なんとなく、飲食業界のバックヤードは想像がついた。食器洗浄機のある洗い場に置いておけばいいだろう。

そう思って、レストランの奥まったところにあるスウィングドアを肩で押し、バックヤードに出ようとしたところ、

「あ……っ」

「すみません！」

いきなり死角から猛スピードでひとが飛び出してきて、肩がぶつかる。

慌てて食器を自分の方へ引き寄せたが、間に合わず、パリン、と冷たい音が廊下に響き渡った。平皿の上に重ねていたスープ皿が一枚、バランスを崩した拍子に滑り落ち、床に叩《たた》き付けられて割れてしまったのだ。

ぶつかった相手——服装から、おそらく厨房の料理人だろう——は、音に気付かなかっ

たのか、立ち止まらないまま急いでレストランホールの方に行ってしまった。

（あ……！　お皿が……。ど、どうしよう……）

優梨は青褪《あおざ》め、反射的に割れた陶器の破片に手を伸ばした。

その指先が、破片の断面に当たる。

「いたっ……！」

痛みと驚きで頭が真っ白になり、身動きが取れなくなってしまった。

涙目で固まっていた時、通りがかりと思しき男が優梨の前で立ち止まり、屈み込む。

「大丈夫ですか？　指を切った？」

「あ、いえ、大丈夫です……たいした傷では」

失敗したところを見られた恥ずかしさと、相手に余計な心配をかけまいとする気持ちで、俯《うつむ》いたまま、薄く血の滲《にじ》んだ手を隠した。

しかし男は骨ばった大きな手を差し出して、

「見せてください。高田優梨さん」

有無を言わさぬ口調で言う。

名前を呼ばれた時の、聞き覚えのある響きで、ようやく声の主に思い当たった。

（……この間、残業した時の）

彼が、斉藤や立花から聞いた、渋澤という男なのかは、わからない。

しかし、弱っていた優梨の前に現れたタイミングといい、怪我をした中指を清潔そうなハンカチで包んでくれる優しさといい、それこそ、物語に出てくる王子様のようだ。

どきどきしていると、優梨が片手で抱えていた残りの皿に、男は手を伸ばす。

「下げてきましょう。少しの間、傷、押さえておいて」

言い残し、皿を引き取って、来た方へ戻って行った。

それを見ながら、優梨はハンカチの上から痛む指を握り締め、落ち着け、と自分に言い聞かせる。

そして皿を置いて戻ってきた男に、立ち上がって頭を下げた。

「あの、ありがとうございます。ハンカチも。……すみません、私、既にどこかでご挨拶させていただきましたでしょうか」

初対面と思しきひとと廊下ですれ違った時には、できるだけ挨拶するように心がけていたが、すべてを覚えているわけではない。自己紹介を済ませている可能性を考え、そう言ったのだが、彼はあっさりと否定する。

「いいえ。先日が初対面でした」

「じゃあ、あの……。どうして、私の名前を……？」

「さあ、どうしてでしょうね?」

男は目を細め、首を傾げた。

どうして、こんな煙に巻くような言い方をするのだろう。

「は、はぐらかさないでください……」

「名前の調べようなんて、いくらでもあるんだよ。見られていること、もう少し自覚しないとね、それだけかわいいいんだから」

「………」

「秘書課の、渋澤です。改めて、よろしく」

からかわれているのかな、と思う。

自分ではそれなりに一人前のつもりでも、二十三歳の優梨は、まだまだ、社会人の卵だ。世慣れた感じのする彼から見れば、いいおもちゃなのかもしれない。

しゅん、と肩を落とす優梨を上から下まで眺めてから、渋澤は問いかけた。

「それで。食べた食器をここに下げにきたんだ? わざわざ? よく気がつくね」

「すみません……でした」

そんなふうに言われると、自分が情けなくて、消え入りたくなる。

立花や斉藤に、気配りのできる子だと思われたいと色気を出して、結果、ホテルの備品を壊してしまった。

こんなことになるのなら、おとなしく本職のレストランスタッフに任せればよかった。

「高田さん。別に責めているわけじゃない。そんな顔しなくても」

「片付けないと……。渋澤さん。掃除道具入れ、どこにあるか、ご存知ないですか？」

「……ああ。ちょっと待って」

渋澤は携帯電話を取り出して操作をし、通話相手に掃除を命じた。

当然自分で片付けるつもりだった優梨は、

「渋澤さん……！　私、やりますから」

抗議したが、渋澤は淡々と携帯電話に向かって話し続ける。

身長差があるので、視線も交わらない。

優梨はやきもきしながら、通話が終わるのを待って、再度言った。

「あの、道具のありかを教えていただければと思って……そんなつもりじゃ」

「箒《ほうき》などの備品はまだ揃《そろ》ってないんですよ。清掃業者に伝えたので、すぐに片付けに来ると思います。高田さんは手当てと……、ああ、服が」

「あっ」

渋澤の視線を追って、優梨が自らに目をやると、ジャケットのお腹の辺りがべったりとソースで汚れているのが目に入る。

　皿を落とすまいと抱え込んだ時に、汚れたのだろう。

「着替えは、持ってないですよね」

「……はい。でも、大丈夫です」

　暦の上ではまだ春だが、沖縄は、既に半袖で過ごせる程度には暖かい。

　半袖カットソーの上に着たジャケットは、防寒用というよりは、オフィスに相応しい恰《かっ》好《こう》をするための、ファッションアイテムだった。

　汚れを水で軽く叩いてみて、それで落ちないようなら、午後は上着を脱いで過ごせばいい。そう思ったのだが――。

「今、ちょうど僕が窓口になって、各部署の制服サンプルを取り寄せているので。ジャケットもいくつかありますよ。薄めの色で、今の服に合いそうなのを持ってきましょう」

「えっ？　……ご、ご親切はありがたいのですが……私はお客様でもないし、自分のミスですし、あまり良くしていただくと心苦しいです」

「たまたま通りすがったのもなにかの縁ですし、助けさせてください」

「いえいえ。掃除の手配だけでも、もう充分、助けていただいています。……事情を知らない同僚が、遅いと心配しているといけませんので、報告と、あと、レストランの責任者の方に謝りに行かないと。本当に、お世話になりました。あとは自分でやります」

有能な秘書らしい申し出、と言えばそうなのだが、押しが強い渋澤の言い方に、優梨の腰が引けているのも事実だった。

これほど親切にしてもらう理由は、ない。

なにか裏があるのかもしれない、と思えば、自然と、心のガードが固くなる。

こっそり渋澤の顔を伺うと、感情ははっきりと見えづらいものの、色素の薄い瞳には、戸惑いか苛立ちのような色が含まれているように見えた。

もしかしたら、男のプライドを傷つけてしまったのかもしれない。

勝手に怯えて逃げようとしているのだから、感じが悪い女だと思われても仕方なかった。

「結構、意固地なんですね。高田さん」

「……すみませ……」

不快感の返礼に、どんな厭味《いやみ》を言われるだろうかと、優梨は身構える。

しかし渋澤はただ距離を縮め、優梨を廊下の壁際に追い詰めた。

その上で、両腕で退路を封じる。

「別に構いませんよ。ただ、今後のために覚えておいた方が良いかもしれない。逃げれば逃げるほど、追う相手は必死になるものだと」

「お、追う……？」

「下心を持たない相手に、これだけ親切にするとでも？」

渋澤は怒っていなかった。

口の端を歪《ゆが》めて、愉悦を含む笑みを浮かべている。

涼しげな瞳の奥で、執着の焔《ほのお》がてらてらと燃えていた。

まるで爪にかかった獲物を捕食する前の、獣の表情だ。

優梨は声も出せない。

「ね。そんなに警戒して、なにに怯《おび》えているのか知りませんが、こういうこと？　僕に近づかれたくないって？　……心外だな」

嬲《なぶ》るようでいて、ひどく甘い声。

訴えかけるように耳元で囁《ささや》かれて、頬が熱くなった。

至近距離にある熱っぽい瞳に取り込まれてしまいそうで、怖くなり、目をそらす。

視線の先を追いかけてきた渋澤は、ハンカチを握ったままの優梨の手を、包むように捕まえた。

そして。

「……やっ」

抗えなかった。

まったく力任せではないのに、骨格からして違うゴツゴツとした異性の手は、いとも簡単に優梨の片腕を引き上げた。

取り落としたハンカチが、床に落ちる。

同時に、柔らかく熱い感触が指先に触れた。

反射的に視線をあげる。

自分の指が、渋澤のかたちの良い唇の隙間に挟まれているのを見た優梨は、完全に固まってしまった。

（えっ……え、え、下心……って、なに、こ……）

濡《ぬ》れた舌の、ぬるりとした感触に抉《えぐ》られて、ぴりぴりと痛む傷口。

長い睫毛《まつげ》が陰を落とすのが見えるほどの、密着寸前の距離。

驚きと信じられない気持ちで硬直して、たっぷり十秒以上、されるままになっていた。

声の出し方を思い出して、口を開きかけると、言葉を発する前に指が解放される。

「傷に破片は入ってなさそうですね。秘書課のオフィスに戻れば救急箱があるんですが、高田さん、午後の業務がありますよね？」

突然、初対面の時の紳士的な雰囲気と声に戻った渋澤に、優梨はわけがわからなくなる。

しかし、早く解放して欲しい気持ちが先走って、気付けばこくこくと頷《うなず》いていた。

「だから、取り急ぎ、消毒。血も止まったようですね。ここはいいので、一応、副支配人《RM》や宴会マネジャーと同じテーブルの、水色のネクタイの方に報告だけしておいてください。そのひとがレストランマネジャーなので」

「あ、ありがとうございます……」

教えられたことは確かに優梨の求めていた情報だ。

礼を言うものの、言ってからなにか変だな、と思う。

（さ、さっきのは、なんだったの……？　何事もなかったみたいな顔で……）

いきなり指を舐《な》められたことにびっくりしすぎて、そのことについて深く考えることができない。

とりあえず、ぺこりと会釈してから、その場から逃げだすように、ダイニングに戻った。

（消毒……こんな消毒の仕方って、普通なの？　あのひとが特別、遊び人なの……？）

レストランマネジャーのところに謝りに行くと、逆に食器を下げる場所を用意してなかったことを詫《わ》びられる。

ごめんね、いえすみません、と、頭の下げ合いをした後、時計を見れば、昼の業務開始時間が近かった。立花や斉藤も、先に戻ってくれたのか、もうテーブルにはいない。慌ててレストランを出て、従業員用エレベーターを素通りし、階段を二階分駆け上がった。

顔が熱い。

(彼にとって、あれは何気ない手当てに入るの……? 私がこどもなだけ? そんなわけない。あんな、誰がいつ来てもおかしくないところで、あんな、……っ、指を……)

頭の中を、忙しく疑問符が駆け巡る。

渋澤の肉厚な舌の感触は、火傷のように鮮烈に優梨の皮膚に焼き付いていた。

(……っ……困る……)

胸の苦しさは、食後に階段を駆け上がったせい——だったら、どんなにいいか。

次に彼に会った時、どんな顔をしたら良いのかわからない。

こういう出来事を、日常に添えるちょっとスパイシーな刺激だと思えるなら良いのだが、今の優梨にそんなキャパシティはなかった。こんなに心を乱されるなんて、辛《つら》い。

四階に辿《たど》り着いた優梨は、近くの壁に体を預けて、呼吸を整えた。

両手の掌で、頰を冷やす。

(とりあえず、仕事……。ちゃんと、しなきゃ。何事もなかったように振る舞って……)

うまく切り替えられるつもりでいたが、その後もふとしたきっかけでぬめらかな感触の記憶がひらひらと指先を翻弄し、堪らない心地にさせられた。

3　陰謀のウェディング

そうは言っても、雑多な業務に翻弄されているうちに、時間はよどみなく流れていくものだった。日が経つにつれ、あの時受けた衝撃も、薄れてくるような気がする。

（次に会った時、どんな顔をしたら良いのかわからないのは、未だにそう。……ううん、もっと強まった気がするけど）

あれから数日。渋澤からは音沙汰もなく、まずまず平穏な日々と言えた。

しかし。

優梨は単調な入力作業の合間に、メールソフトを立ち上げ、一通のメールを選択して、添付された日本の業界雑誌のページデータを眺める。

最新号でインタビューを受けているのは、このホテルの総支配人《GM》。

顔写真の下に、彼の名前が書かれている。

何度確認しても、その表記が変わることはなかった。

「それにしたって、社長の名前なんて、書類を作っているうち、どこかで目にするものだから。高田さんって、年齢よりしっかりして見えるし、ついわかっているものと思って喋《しゃべ》ってしまっていたわ」

「確か求人票には、『ヴィネタ』グループ会社全体の代表の名前が載ってたのよ。高田ちゃんが今まで作ってくれた書類もそうだったのかな。『ヴィネタ　ホテル&リゾート』アジアパシフィック部門の社長は、うちのGMよ。渋澤巽《たつみ》氏。……だから、秘書課の彼のこと、王子だって言ったでしょ？　御曹司くらいじゃないと、なかなかそんな大げさなあだ名、つけられないよ～」

「……知りませんでした……」

優梨がそのことを知ったのは、ランチ試食日の後日だった。

「でもほら、メールの署名《シグネチャ》にも書いてあるのに」

「気付きませんでした……すみません」

社員の個人アドレスには、本社からの連絡に加え、オープン前研修やプレスリリースの詳細、親睦会の案内などの社内メールが毎日届く。全部チェックするのが大変な数だ。

そのうち、GMから来る一斉激励メールは、日本人従業員の語学力を試しているのか、外国人従業員への配慮か、すべて英語で綴《つづ》られている。

大まかにニュアンスを摑《つか》むのがせいぜい、という英語力の優梨は、内容を確認するのに手いっぱいで、ジェネラルマネジャーという単語を頼りに差出人を確認しており、わざわざ署名を読んだりはしていなかった。

普段、何気なく見ていたメールの末尾には、確かに『Tatsumi Shibusawa』とある。

自分は、少し、鈍いのかもしれない。

（単なる同姓なら良かったのに……）

初めはそれを疑い、世間話を装って尋ねたのだが、同僚のふたりは渋澤がＧＭの息子であることをあっさり認めた。

「御曹司と言ったって、外資企業だから、跡継ぎは世襲じゃなくて実力主義だとは思うけどね。でも、秘書として四六時中ＧＭのそばに置かれてるってことは、仕事を覚えろってことで、巽氏は継いで欲しいんじゃないかなー」

数百人の従業員のトップに立つ総支配人というだけで、優梨にとっては雲の上の存在なのに、ましてや、アジアパシフィック部門全体の長となると、その職権は想像もつかない。

（なにも……知らなくて、私……。変わったひとだとは思ったけれど）

親の赴任に伴われて、小さい頃から海外を飛び回っていたのなら、あの振る舞いも、もしかしたら外国人が挨拶でキスをする程度の、何気ない行動なのかもしれない。

意識しすぎる方がおかしいのだ。きっとそうだ。

雲の上に住んでいるひとの思惑や思考回路など、普通の中流家庭に生まれ育った優梨には、わかる筈《はず》がなかった。

なかったことにして、忘れてしまおう。

どうせこの先、斉藤の言った通り、たくさんのひとが入社してくる。これと言って秀でたところのない、経理部門の平社員ひとりの存在など、いてもいなくてもそう変わらない程度のもの。あっという間に、埋もれてしまうに違いない。


二時間かけて大量の入力業務を終わらせた優梨は、コーヒーを淹《い》れようと思い、廊下に出た。そこで、いかにもホテルマンという雰囲気の、ヘアスタイルをオールバックにした男性にぶつかりそうになる。男の方がさっと避けてくれ、失礼、と言って、速足で去って行った。

(うわ、怖そうなひと……。宴会課のマネジャーだったっけ)

いかにも仕事ができそうだが、正直自分の上司でなくて良かった、と思いながら、給湯室のドアを開ける。と、いきなり、知らない女性がぼろぼろと大粒の涙を流しているところが目に飛び込んできた。

あっ、と息を呑《の》む。なにかあったのか、と焦るが、先ほど宴会マネジャーがやって来た方向、彼の気の立った雰囲気から、察せられるものがあった。

（怒られちゃったのかな。それで、泣いている時に、関係ない他人が入ってきたら、気を遣うよね……。私のばか、どうしてよく確認せずに中に入ったの……）

入室した以上、気まずいからと言ってそそくさと退室するのも、感じが悪いだろう。

心の中で、ごめんなさい、と思いつつ、給湯室の端でドリップコーヒーのパックを開け、コーヒーカップにセットして湯を注いだ。

フリルブラウスの上にスーツを着て、きれいな栗毛色《くりげいろ》の巻き髪をポニーテールにした女性は、快活さも華やかさもある顔立ちだったが、気が強そうな瞳の近くに片側のつけ睫毛《まつげ》がぽろりとこぼれている。

涙のせいでマスカラが落ち、高い鼻が赤くなっているのが、元はびっくりするような美人だと予想がつくだけに、却って痛々しい。

鼻を啜《すす》る音に釣られて、優梨はジャケットのポケットに入れていたティッシュペーパーを出し、流し台の上に置いた。

「あの……良かったら、これ使ってください」

恩着せがましくならないよう、すぐにコーヒーカップを持って給湯室を立ち去ろうとしたが、

「あっ、ありがとう……」

女性と目が合ってしまう。

ぐしゃぐしゃの姿を隠そうとするでもなく照れたように笑う顔に、優梨は好感を持った。

「恥ずかしいとこ見られちゃった。もう、宴会マネが、厭味《いやみ》なくらいの正論マンでね……。私の現状認識が甘くて、自分にも甘くて、仕事が遅くて、一度言われてもすぐ直せなくて、そのくせプライドばっかり高くって、使いづらいっていうのは重々承知してるんだけどね……それにしても、それにしても、言い方ってものがあるじゃないのよー！」

言っているうちに感情が高まってきたのか、女性は拳を固めて憤怒の叫びをあげる。

「私だって直せるものなら直したいですうー！　でも性格なんてすぐには直んないし、やることは山のようにあるし、一生懸命走り回ってるのにぜーんぶこっちのせいにしなくったってさ？　へっへーん、すみませんっだ、全部私が悪いんですーだ」

大声を出すことで、叱られた鬱憤《うっぷん》晴らしをしているのだろうが、よく通る女性の声が、薄いドアを突き抜けて向こう側に聞こえ、さっきの男性の耳に入ったら、と、優梨は気が気でなかった。

「あ、あの……上司に、厭なことを言われたん、ですか？　開業準備はただでさえ大変なので、……部署が違うから、知ったようなことは言えないけど……全面的にあなたが悪いっていうことはないと思います。慣れない中、いろいろ頑張って……。いつか報われるから、その、元気を出して……」

自棄になっているような女性を励ましたいものの、言葉を選ぶのに気を揉《も》んだ。

同年代に見えるが、優梨の方が一歳でも年下なら、そもそも元気づけ自体が生意気だ、とムカつかれるかもしれない。何様のつもり、とか、あなたみたいなひとにはわからないよ、と逆上される可能性だってある。良い子ぶりっこに見えるような言動は、同性から嫌われやすい。優梨はそういうタイプだ。実際に、何度も言われてきた。

しかし彼女は、じっと優梨の瞳を覗《のぞ》き込むと、目を輝かせ、大輪の花のような笑顔で両手を取った。

「わーっ……優しい言葉、嬉《うれ》しいなあ……！　あっあの、名前聞いてもいい？」

「あ、高田です。経理部の」

「私は婚礼課の市川凛《いちかわりん》。あーっ、親切が沁《し》み渡るなぁぁ……うちの部署周りは、今、殺伐としてるから。他人に気遣う余裕を持てる高田さん、本当に天使に見える！」

「大げさです……」

「頑張る。頑張れちゃう。あっ、良かったらお近づきの印に今日飲みに行かない？　同じ部署のひとだと仕事の打ち合わせになっちゃうから。ふたりきりで女子会。ね？　夜遅くまでやってる隠れ家カフェが近くにあるよ。お酒が苦手なら、そこでごはんだけとか」

「あー……ええと」

いくつか無難な断り文句が脳裏に閃《ひらめ》く。

少しだけ、厄介なことになってしまったと思った。

プライベートの繋《つな》がりは、今、極力作らないようにしている。

「高田さんと、もう少し仲良くなりたいな。……だめ？」

凛は甘えるような声を出し、濡《ぬ》れたままの目で優梨を見た。

感情がそのまま表情に、そして言葉に直結しているような感じの彼女だ。優梨が苦手意識を持ってしまった、その場にいない誰かの噂話《うわさばなし》や悪口をルーティンで繰り返すような、じめじめと湿った『女子会』にはならない気がする。

なにより、一度励ましてしまった手前、捨てられた仔犬《こいぬ》のような瞳の凛の誘いを、無下にしづらかった。

（優柔不断で、いい恰好《かっこう》しいで……。もう、ほんと、私ったらばか……）

しかし、無邪気になついてくれた様子の凛に、気持ちを救われた部分もある。

仕方ないか、と肩を竦《すく》めた。

臆病で人間関係に疲れやすいくせに、根っこの部分ではさびしがりなのだ。

気が合いそうで、歳の近い友達や同僚と喋る機会なんて、離島では当分持てそうにない。

いいですよ、と返すと、凛は大げさに歓声をあげ、礼を言って優梨に抱きついた。


（もう、ほんとにほんとにほんとに、ばかだった……）

あの時の自分はどうかしていた、と、今になって思う。

あれは陰謀だったのだ。

「では、花嫁さん。唇を『ウ』のかたちにしていただけますか？」

美容師は小さなブラシで優梨の唇にグロスを乗せ、メイクの仕上げにかかる。

誰が花嫁なの、と心の中で反発してしまうが、鏡の中に映り込む優梨は、どこからどう見ても『花嫁さん』の姿をしていた。

ウェーブをかけた髪をひとつにまとめ、フェイスラインに編み込みを沿わせて、バックの首元には白とベビーピンクの小ぶりのバラがあしらわれ――。

美容師がていねいに下地から整えた肌は、桃のように滑らかだ。黒目の輝きが引き立つアイメイクや上気したような頰のチークは、新婦の幸福感を演出している。

ウェディングドレスは、洗練されたソフトマーメイドラインで、新雪のようなピュアホワイトが印象的だった。

ビスチェの胸元には惜しげもなくスワロフスキーが散らされ、腰からはソフトチュールとオーガンジーのラッフルが流れるように広がり、海辺のリゾート婚らしい軽やかさとラグジュアリー感をきちんと同居させている。

優梨の鎖骨の華奢《きゃしゃ》さや腰の細さを引き立てつつも、スカートにはボリュームを持たせて存在感を出しており、小柄さがカバーされていた。

試着もなしにこのドレスを優梨にと選んだスタイリストの腕には感服せざるを得ないが、それにしても、どうしてこんなことに……と、後悔は続いている。

メイクがちょうど仕上がったところで、アクセントにターコイズブルーを置いた純白のブライズルームのドアがノックされた。

『陰謀』の首謀者が、明るい顔を覗かせる。

「そろそろどうですかー？　わ、かわいい！　完璧！　最高!!　高田さん、すごく化粧映えする顔よ。普段控えめに作っているのがもったいない。あーん、やっぱり私の目に狂いはなかった！　清楚な花嫁、憧れちゃう。これで大量集客間違いなしだわ！」

「…………」

ガッツポーズでもしそうな凛を前にすると、恨みがましい目で見てしまいそうになった。

（引き受けた私の責任だけど……。弱り切っているように見えたから……つい）

身も世もなく泣きつかれ、ほだされてしまったのだが、あれはすべて演技だったのではないかという疑念に駆られるくらい、弱っていた姿と今とはギャップがあった。

「櫻田《さくらだ》さんのコーディネートとメイクも、私大好き！　わーん、美しいものを見ると心が洗われるわぁー、癒されるわぁー。この仕事をやってて良かったと思う瞬間よ。高田さんが宣材モデル引き受けてくれなかったら、そろそろ辞表叩《たた》き付けてたかもってくらい、しんどかったんだけど」

「そうなの？　市川さん。こんな素敵な場所で仕事しているじゃない」

「旅行なら最高なんですけどねー。事なかれ主義の上司とドＳマネに突つかれすぎてもう市川ぼろぼろです……はっ、あんまり内情喋りすぎると消されてしまう。まあま、またゆっくり、お酒でも飲みつつ、聞いてやってくださいー！」

お酒、という単語が聞こえて、優梨は思わず眉を寄せる。

あの日連れて行かれたカフェで、フルーツカクテルを立て続けに干した凛の酒癖はひどく、愚痴を吐き、泣き、唸《うな》り、喚き、手のつけられない状態だったのだ。

「もう無理、もう無理！　問い合わせ対応と資料作りと業者さんの選定と広告宣伝でもう首も回らない。三人じゃそもそも数が少ないのに、ひとりは新卒の子で、上司は教育で手いっぱいだって言うし。宴会マネの注文や文句は全部こっちに来るし。人員増やして欲しいんだけど、なかなか離島で働きたいってひともいないみたいでさ。全部皺《しわ》寄《よ》せがこっちに来ちゃって毎日午前様なのに、今度はＧＭがいきなりオープン前にブライダルフェアやるって言い出して。集客プランはどうした、企画書はどうした、ってあちこちから突つかれて、目が回っちゃう。そしてもう、本社！　本社の融通のきかなさは異常！　フェアの宣材作りたいだけなのに、ブランド共通のモデルのスケジュールが何年待ちだとか、他のモデルだとブランドイメージがどうこうとか、そんなことやっているうちにあっという間にオープン日来ちゃうわよ。話が通じないったらありゃしない。……そう、だから、プロのモデルは契約上使えないんだって。それでも、最低限のチラシはどうしても必要だから、仮のものを内製するしかないって結論。ううー、スケジュールはぎりぎりなの。まだテナントで入るパートナー企業も選定中だから、カメラマンやスタイリストだって東京から知り合いを呼ばないと……となると日帰りじゃ無理だし……なによりモデルよ。イメージにぴったりで、予定が空いている子がいなくて……もうだめだ……詰んだ……。開業前の勢いづけにもなるこんな大仕事、失敗したら、首くるしかない……」

隣席の優梨にもたれかかってさめざめと嘆く凛がかわいそうになり、比較的残業の少ない部署にいる負い目も手伝って、自分で良ければ愚痴も聞くし、協力できることがあるなら するから、とにかく頑張って、と、言ってしまったのだった。

その瞬間、きらりと凛の目が輝いた気がした——のは、優梨の気のせいだっただろうか。

とにかく、市川凛の辞書に、社交辞令という言葉がないのを知ったのは、三日前のことだった。

経理部長の部屋に呼ばれ、

「日曜の件は代休が申請できるようにしたからね。GMはじめ、管理職の皆も、写真の仕上がりを楽しみにしてたから頑張って」

と声をかけられても、最初はなんのことだかわからなかった。

詳しく話を聞き出して、初めて、自分が婚礼課の集客イベント用のポスターやチラシに使う写真のモデルに任命されていることを知ったのだ。テレビCMや雑誌に載せるのでなければOKだと、本社の許可も取れたという。

普段から優梨は、嫌われないように、目立たないようにと、良い子の仮面をかぶって息をひそめているというのに、モデルなんか引き受けてしまったら、誰になにを言われるか、わかったものではない。……否、わかる気がするから、厭なのだ。

よね？

――あの子、調子乗ってない？　よっぽど自分に自信がなければ、普通、引き受けないよね？

……想像するだけで、背筋が凍った。

困る、と伝えようと思って凛を訪ねても、忙しくしており、婚礼課のオフィスにはいないことが多いようだった。

カフェでもらったアドレスにメールを打ったが、なかなか返事がなく、前日になって、『いろいろご迷惑かけてすみませんが、明日はよろしくお願いします！』というメールが送られてきた。

確信犯だ、と思いながら、社外のひとまで巻き込んだ計画にＮＯを言える強さは、優梨にはない。その時にはとっくに、諦めをつけていた。

（ここまで来たら、やるしかないって、わかってる……。でも、胃が痛い……。モデルなんて初めてだし、うまくできなかったら、市川さんを、失望させるだけ……）

全身鏡に映り込む、場違いのように不安そうな顔をした『花嫁さん』に、美容師は優しい言葉をかけてくれる。

「そんなに緊張しなくても大丈夫。とてもきれいよ。本職のモデルに負けてない」

「はい……」

「ほんと、ほんと。超かわいい、高田さん」

同じ励ましでも、美容師の言葉に比べて凛のそれは軽い、と言うより、調子が良い感じがした。もう、とあきれて溜《た》め息が出そうになってしまう。

「そんなこと……ない。どうして、市川さんがモデルやらないの？　美人さんなのに」

「へ？　私？　ダメだよ、花嫁オーラ出せないもん」

「そんなの、私だって……」

今更ごねたってどうしようもない、やるしかないと承知しているのに、目の前に自分をハメた張本人がいると、つい、不満が口をついてしまう。

ネイルチップをつけた両手をきゅ、と握り締めて感情を抑えようとする優梨を、美容師は促して立ち上がらせた。

「ベールは海岸ロケからつければ良いということだから、このまま、チャペルの方に移動しましょうか。ドレスのラインをきれいに出すため、十一センチヒールの靴にさせてもらったから、少し歩き方を練習した方がいいわ。ゆっくり立って。足を先に出すと、裾を巻き込んで踏んでしまうから、膝をあげて、膝下を振り出してから足を着けるように……そう。パニエは蹴ってしまって大丈夫だから」

「あ、じゃあ市川、付き添《アテンド》い入ります！」

凛は、ドレスの長い裾を持って、優梨の斜め後ろに立つ。

(海岸ロケの話なんて、もちろん聞いてないし……)

思いつつ、にこにこと屈託のない彼女の笑顔に、段々と抗議する気も失せてくる。得なキャラクターで、羨ましい。

「さあ、どうぞ、花嫁さん!」

廊下に出て、チャペル前のロビーまでゆっくり歩いてみた。

美容師の助言通りにすると、確かに歩きやすい。

調子が出てきたところで、ロビーに人影を見つけた。

(……嘘《うそ》)

足を止めた優梨の隣で、凛は明るく呼びかける。

「渋澤さーん! お待たせしました。花嫁さん、お支度あがりですよー!」

声に反応して立ち上がったのは、ダブルラペルの細身のタキシードを着て、髪を軽くセットした渋澤だった。ウェディングドレスと同色のジャケットの下は、黒いベストとタイで辛《から》めに引き締めている。その手には、流れるように優美なキャスケード型のブーケ。

渋澤は優梨のところまで歩いて来て、そのブーケを差し出した。

「どうぞ。今日は一段ときれいですね。本物の花嫁さんみたいだ」

「……あ、あの……」

受け取ったものの、正面から顔が見られず、俯《うつむ》いてしまう。

どうして渋澤がここにいるのだろう。

「市川さんに、無理を言われたのでしょう？　僕も同じです」

「そうなんですか……」

彼に会うのは、レストランのバックヤードで皿を割ってしまった時、以来。

そしてあれは、彼が御曹司だと知る前だ。

「あれ、紹介しようと思ったのに。既におふたり、お知り合いだったんです？」

優梨の後ろで、凛がふしぎそうに言う。

（知り合い……。知り合いというか、なに……？）

怪我した指を舐《な》められたけれど、それが彼にとってなんだったのか、わからないままな関係――そんなことは、口が裂けても、凛に言えなかった。

優梨が黙っていると、代わりに渋澤が答える。

「ちょっとね」

「あ、意味深ですね？　高田さんは確かにかわいいけど、渋澤さんたら、手が早い……」

「人聞きの悪いことを言わない。僕はほかならぬ市川さんの頼みだからって、わざわざ休日に出て来たんだよ」

「それは、だって、GMが、使えるものはなんだって使って、とにかく企画を成功させろっておっしゃるんですもん。その秘書が協力してくれない道理はないでしょ？　美形は会社の共有財産ですからね、使わなきゃ損、損」

「美形ですか？」

「さあ、それは、花嫁さんに訊《き》いてくださいな。あ、ブートニアも届いてました？　おつけしますから座って、そこ。立ったままじゃ届かない！」

（市川さんと渋澤さんが知り合いっていう方が……こっちはびっくりなんだけど……）

共通点が思い当たらないが、誰にでも気さくに話しかける凛のことだ。交友関係の広さには納得するが、正装して、王子様度を更に上げている勤め先の社長の御曹司相手に、いつもの調子で話しかけているのが、本当にすごいと思う。

渋澤も、そんな凛の相手は気安いようで、優梨といる時よりもリラックスした、自然体の表情をしていた。

笑いながら、親密そうにテンポの速い会話をするふたりの中に入れずに、少し離れたところで優梨は固まっている。

（随分、仲良さそう……。なんだか、お似合いだ）

そんなことは自分には関係ないのだと思いながら、見た目より重いカサブランカのブーケを、取り落とさないようしっかりと握り締めた。

甘い香りが、胸を息苦しく埋める。

そのブーケとお揃《そろ》いの花で作られたブートニアを左胸につけて、用意の整った渋澤が優梨に再び近づき、エスコートの手を差し出した。

（もしかして……じゃない。もしかしなくても、そういうことなのね……）

雑誌などで見かけるブライダルの宣伝写真には、花嫁だけが映っていることが多いので、盲点だった。

まさか、相手役がいるなんて。それが、渋澤だなんて。

「相手が僕で申し訳ないですが、……役得だな。今日は一日、よろしくお願いしますね」

低い声で告げた渋澤に、警戒心が隠せない。

「花嫁さん、体が花婿さんから逃げてるよ。まず、まっすぐ立って。左右の肩甲骨を寄せるようにして、もっと胸を張って。だめ、肩に力が入りすぎ。リラックスして、体重を花婿さんに預けて！　……うーん、ポーズを変えてみようか。花嫁さん、足を肩幅に開いて。

どうせドレスで見えないから。花婿さん、花嫁さんの方を向いて。右手を花嫁さんの腰に当てて、自分の方へ引き寄せて。右足を花嫁さんの両足の間に入れたら、もっと密着感が出せるから、そうして。……そう。腰をぐっと引いて」

顎髭《あごひげ》を生やしたカメラマンの指示に、レフ板持ちのアシスタントの女の子が駆け寄って来て、その通りに手取り足取りポーズをつけてくれる。のだが。

（……いろんな意味で、もう、限界……）

慣れないポージング、写真を撮られることに加え、相手役が渋澤では、異性として意識すまいと思っても、無理な話だった。

撮影の緊張と、うまくできない情けなさと、体のあちこちが触れ合ってしまう恥ずかしさで、自分が今きちんと笑えているかどうかもわからない。

早く終わってと願うものの、優梨が気乗りしていないことを、カメラマンも見抜いているのだろう。シャッター音が苛立っている気がする。良い写真が撮れている筈がない。

時間がいつまで経っても、流れていかない。

リラックスさせようとしてか、渋澤が目配せを送ってくるが、それが逆に緊張を誘った。

チャペルの中は、列席者用の椅子、壁や床まで、すべて真珠色で統一されており、唯一重ねた青ガラスで作られた聖壇が、際立って美しい。

本来、一生に一度の式を行う神聖な場で、付き合ってもいない男性と、演技で寄り添い、手を重ね、指輪交換のポーズをする。その作り物感も、優梨の胸を締め付けた。

仕事と思えばこそ耐えられるが、本物の新郎新婦のように、ラブラブな雰囲気を求められても困る。

「よそよそしすぎるよ。旦那様に甘える感じで寄り添って。どうしようかな、ふたりで額でもコツンと当ててみる？」

そんな、と喉の奥で呼吸が止まりそうになった時、チャペルのドアを押し開けて入ってきた凛を見つけ、優梨は勇気を振り絞ってＳＯＳを発した。

「い、市川さん……！　聞いてた話と違うわ……こんな写真……困る……」

切迫した声がきいたのか、凛は優梨とカメラマンを交互に見遣ると、小声でカメラマンと話を始めた。

「……えっ？　社員さんなのか？　素人にしては堂々としてると思って、てっきり。……じゃ、ここまでの写真データ見ながら、作戦練り直すか」

合点がいったらしいカメラマンは、アシスタントの女の子を呼び寄せ、一緒にチャペルを出て行く。

代わりに、ごめんごめん、と手を顔の前に掲げた凛が走り寄ってきた。

「すみません、ちょっと海岸ロケのアイテムの準備してて、目が行き届かなくて。カメラマンさんと打ち合わせも足りてなかった。花婿さんは手か背中だけのイメージ写真の予定だったんだけど、カメラマンさんが気をきかせて、いろいろな用途に使えそうな写真を撮ってくださったんだと思うんだ。初めてのチャペルでの写真撮りだから」

「お願い……市川さん、こういうの、私、慣れてない……」

「わかった、ごめん、無茶なお願いを聞いてもらったのに、本当にごめんね。ちょっと作戦立てるから、休憩してて。ブライズルームにお茶とお菓子を置いてあるから」

渋澤と優梨の経緯を知らない凛は、本当に自分が悪かったという態度で必死に詫《わ》び、しかしやることは山のようにあるらしく、やがて着信で震える携帯電話を持って小走りでチャペルの外に出て行った。走りながらも、ごめんね、と頭を下げていた。

渋澤とふたりきりになり、しん、と静まり返ったチャペルで、

「市川さんのせいじゃ、ないですよね」

「…………」

「僕のせいですよね？」

穏やかな言葉が、あと一滴で水が溢《あふ》れ出してしまいそうだった優梨のうつわを、ぐらりと揺らした。

優梨の頰を、涙が伝い落ちる。

それを見て、渋澤は狼狽《ろうばい》したような声をあげた。

「どうして泣くんですか？」

「ちゃんと……したかったのに……できなかったから」

引き受けたのだから、多少の不満は押し殺しても、最後までやり切るつもりだった。

カメラマンも、凜も、わざと優梨を困らせたわけではない。むしろ、自分の仕事を全うしようとした結果だ。多少の段取りの不備はあったが、一生懸命やっていた。

その気持ちに応えたかった。

けれど体は、優梨の気持ちに応えてくれなかった。

今も、美容師がせっかくきれいに整えてくれたメイクを、涙で滲《にじ》ませてしまっている。

せめて、すぐに涙を止めないと、泣き腫らした目では、これからの撮影に支障が出てしまう。

それがわかっているのに、我慢しようと思えば思うだけ、溢れ出す。

「……っく……ぅ……」

情けない。もっと、うまく、やりたかった。

泣き声を押し殺そうとする優梨の頭を、ぽんぽんと、大きな掌が撫《な》でる。

優しい感触だったが、――今の状況でそれは、逆効果だった。

「そんなに落ち込む必要はありませんよ。次で挽回《ばんかい》すればいい」

「……っ、できません」

「どうして？」

優梨は渋澤を睨《にら》む。

休憩で気分を入れ替えて、次のターンできちんとやればいい。そう言われた気がした。

そう簡単に切り替えができたら、誰も苦労しない、と、感情で反発してしまう。

それができない自分だから、悔しいし、泣いてしまうのに。

「あなたが……いたら、意識しすぎてしまって……。ちゃんとできません……」

強い言葉で、あの日の行動を責めたつもりだ。

しかし、渋澤の反応は、斜め上を行くものだった。

「へえ。嬉しいな。それは、光栄ですね」

「違います。そんな、良い意味じゃなく」

「悪い意味なんですか？　僕のことが嫌い？」

「……好きでは、ないです」

「好きの反対は、無関心。だけど、あなたが僕に関心がないようにはとても見えない」

（ど、どうしてそんなことが言えるの……？）

優梨の方から、好意を露わにするような言動を見せたことは、一度もない筈だった。

自信過剰にも思える言葉に、反発と引力を同時に感じ、価値観を揺さぶられる。

他人の冷笑を気にしているうちは――傷つくのが怖いうちは、絶対に言えない言葉だ。

「じ、自信家ですね……。どうしてそんなことがわかるんですか？」

「体に訊けば、大体わかりますよ。そんな薄いドレス越しに、さっきまでくっついていたんですから。体のこわばり。震え。鼓動の速さ。体温。視線。恥ずかしいけれど、僕の感触が不快なわけではないこと。怖がっているけど、興味は持ってくれていること」

「…………。でも、好きじゃない。好きと言うほど、あなたを知りません」

「これから知っていただければいいですよ。おいおい、好きになったらいい」

「なにを言ってるんですか。職場の方と、そんな関係にはなりたくありません！　私はちゃんと働きたいんです。生活がかかっているんです。ひとにバレたらどうなるかわからない、危ない橋なんて、渡りたくない。再就職の大変さだって身に沁みてます。だからあなたのことなんて、好きになりません」

「いまどき、社内恋愛くらいタブーではないと思いますけど」

「……っ……」

普通の社内恋愛とはわけが違う。あなたと付き合っていることがばれれば、大騒ぎになるだろうし、破局すれば女性の方は会社に居づらくなるでしょう。

そう喉元まで込み上げるが、口に出してはいけない気がして、押し留める。

「好きにならない……ね。そのかわいらしい抵抗がいつまで続くか、見ものです。僕はもうあなたが好きになってしまったし、欲しいものは摑み取りに行きます。あなたが振り向くまで、もしくは自分が飽きるまで、視界に入ることを止めません」

飽きる。その言葉に、ぞっとする。そう、彼は飽きるだけだ、いつか。彼の気持ちひとつで決まること。

付き合うことにも別れることにも、渋澤にリスクはない。困るのは――

「遊び感覚で振り回すのはやめてください……！　あなたとは立場が違うんです。私は……っ！」

感情を叩き付けるように言うと、渋澤はす、と目を細めた。

見たことのない冷ややかな表情で見下ろしてくる。剣呑さを増した眼差しは、触れれば切れるようだ。

チャペルの気温まで、ぐっと下がったような気がした。

「……あなたは？」

「…………」

「あなたは、なんですか。言いかけたんだ、最後までどうぞ」

放り投げるような言い方、乾いた声に、怒らせたことを確信する。

怖い。

けれど、会話の延長線上で嫌われる可能性が濃厚になって、少しほっとしてもいた。

好かれたいと願いながら嫌われることに比べれば、ここで疎遠になる方が、数段ましだ。

確かに、彼のことが嫌いではない。でも、愛される理由がわからない。今、言い寄られている気がするのだって、自分の気のせいか、彼の気まぐれか、勘違いだ。

「……渋澤さんの、お父さんがＧＭっていうのは、本当のことですか」

「本当のことですよ」

「でしたら、わ、私は……あなたみたいに、雲の上のひととは、とても……」

なにも誇れるところのない自分では、あなたに釣り合わない。もっとあなたに相応しいすてきな相手がいるでしょう。そういう遠慮と、劣等感と。

未知のものへの恐怖心。いつか失望された時に傷つくのが厭だという保身。

自分の中にある、そういう気持ちが、言わせた言葉だと思った。

けれど。

「親の威光の下で仕事をしている御曹司とは付き合いたくない？　金持ちだから付き合う対象はどうせ家の格式や資産で選んでいるだろう、もしくは金をばらまいて、それに釣られる派手な女と遊びまくっているだろう。私はそんな安い女じゃない。そんなところですか。随分一元的なレッテル貼りをなさるんですね？」

「…………！」

違う、と言いかけて、声が止まった。

そういう気持ちが、一かけらもなかったと、言い切れるだろうか。

自分でも言語化できなかった内心を暴かれて、すうっと体温が落ちた。

「どうですか、高田さん」

「……そうです」

「へえ。見て来たようにおっしゃる」

「そういう……女です、私は……。だから、早く嫌いになってください……」

「厭です」

「どうして！」

自分でも自分が大嫌いになりそうなのに。

渋澤は、ひょいと肩を竦め、目を丸めて言った。

「性格の良い子が好みだって、言った？」

「…………っ」

「僕も、正直、顔が好みだってところからのスタートだから。でも、話すたびに面白いな、かわいいな、と思うし、どんどん好きになっていく。今も、普段と違う顔が見られるのが新鮮で、ずっと心臓がどきどきしています。だから、あなたもこれから僕のことを知っていけば、きっと好きになってくれると信じます」

理解できないことが多すぎて、正直、優梨の手には負えなかった。

（性格の良くない女の子が、敢えて、好き？　なにを言っているの、このひとは）

まるで宇宙人と話しているようだ。

「そんな……、こと、言ったら、ストーカー犯罪なんて起こりません……」

「なるほど。では、心に刻むようにします。あなたが厭がることは、なにもしない」

「…………」

本当に？　と思うが、そう断言されてしまうと、なにも言えなくなる。

沈黙が落ちた時、チャペルのドアが開いた。

「へーい、失礼しまーす！　市川でっす。ちゃんと休憩できた？　大丈夫？　カメラマンさんにデジカメでデータ見せてもらったんだけど、これがめちゃくちゃ良いんだな！

びっくり！　高田さん超美しい!!　媚《こ》びる感じがなくて、品格半端ないの。いやー、カメラマンさんの腕もすごいんだけど、モデル超大事ね。素晴らしいポスターとチラシができそう。ということで、残りの海岸ロケはさっくり遠景イメージだけ、花嫁さん中心で撮って、終わりにしようと思いますー！」

「僕はもう用なしですか？」

「渋澤さん顔出しNGだからなあ……。撮っても使えない写真が増えるかな、まあカメラマンさんにうまくやってもらおう。一応来てください。もう少し雲が動くのを待つので、おふたりはゆっくり、休憩しつつ海岸に降りて来て。花嫁さんのアテンドには美容師の櫻田さんが来てくれるから。市川たちは先に行ってまーす！」

凛は早口で指示を飛ばすと、再びドアを閉める。

裏のある言い方には思えなかったが、

（……気を、遣われたんだろうか）

ガチガチに強張っていた自覚がある分、撮った写真の中に、宣材として使えるものが本当にあったのか、不安になった。

チャペル写真をやり直さなくて良いのか、凛に訊きたかったが、優梨の泣き言を聞いて要求レベルを引き下げてくれたのだとしたら、本音の部分はもう聞き出せない。

気落ちして肩を落とす優梨に、渋澤が無邪気な笑顔を向けた。

「良かったですね」

「え？」

「良い写真が撮れていたみたいで」

「……お世辞の可能性とか、考えないんですか？」

「市川さんが、何故お世辞なんて言うんです？」

表立って優梨を非難するのを避けるため。正面切ってぶつかり合うと角が立つため――。

さっきまで、裏でカメラマンたちと、不満をぶちまけあっていたかもしれない。

そうだとしても、全面的に悪いのは、役に立たなかった優梨だ。

「…………」

「僕は、一番良い場所で高田さんのこと、見させてもらいましたからね。市川さんの言葉が嘘じゃないとわかっているから。一緒に保証しますよ、安心してください」

思わず縋《すが》りたくなるような言葉と眼差しに、つい引き寄せられそうになるが、

（これがこのひとの作戦だ……。弱っているところに、つけ込んでくる。流されたり、しないんだから……）

優梨はくるり、と渋澤に背を向け、深呼吸と一緒に気持ちを整えた。

その場限りの雰囲気や感情に流されて、後で痛手を負うのはごめんだ。

理性を保って、きちんと、今の場所に立たなくては。

「渋澤さん。すみません。アテンドなしでは歩けないので、ブライズルームにいる美容師の櫻田さんを、呼んできていただけませんか」

「ああ、もう移動します？　ゆっくり行けば良さそうでしたが」

「その前に、目の周りのメイク、直してもらいます。……挽回、しなきゃ」

時間は巻き戻せない。今からできることを、一生懸命やるしかない。

そばにいる男のひとにただ寄りかかるほど弱っていないということを、見せつけたつもりだったが、渋澤はくしゃりと破顔して、優梨のつむじを撫でた。

「ああ、もう。かわいいなぁ」

「や、やめてください、髪が乱れ……」

4　恍惚のオフィス

その後、なんとか海岸ロケをやり切り、夜は美容師やカメラマンをねぎらう居酒屋での打ち上げにも同席した。

自分から場を盛り上げることはできなかったが、豊富な現場経験を持つ彼らの仕事の話をボックス席の隅で聞いているだけで楽しかったし、どんぶりに入って出てきたネギかけのゆし豆腐はほろりと口の中で溶ける味わいで、疲れた胃にほっこりと沁《し》み渡った。思わぬ拾い物に、再来店を心の中で誓う。

目まぐるしかったあの一日が、まるで夢だったかのように、めったに部長の寄りつかない女性だけのオフィスは和やかで、時々凛が、仕事で溜《た》まった鬱憤《うっぷん》を晴らしに飛び込んでくるほかは、絵に描いたような平和な日常が続いた。

けれど、きっとこのままでは終わらないだろうという予感のようなものが、優梨にはあった。

職場に慣れ始め、少し気持ちがだれてきたのだろうか。ここ数日、単純なミスをしてしまうことが多かった。

終業時間の後、優梨はタイムカードを押して、オフィスにひとり残る。

あまり自主残業は好きではなく、社でも推奨されていなかったが、それでも今日の仕事の進み具合は、自分で自分を許すことができないレベルのものだったし、週末前なので忘れないうちに片付けてしまいたかった。

鳴りそうなお腹に気付かぬ振りをしながら、ミスした書類の修正を進めていたところ、

「こんばんは」

警戒していた相手が、軽いノックの音とともにオフィスのドアの前に現れ、優梨は体を固くする。

「……なにか？」

声の方に顔も向けず、愛想笑いもせず、タイピングをしながら冷淡な声で問いかける。

そうしながら、そっと廊下の様子を耳で伺った。

まだそう遅い時間ではなく、ひと気がある。

ドアは開け放しており、もしなにかあっても、大声で叫べば、まだ残っているフロアの誰かが来てくれる筈《はず》だった。いくら相手が御曹司でも、目の前で同僚が厭《いや》がっていれば、助けてくれるだろう。渋澤だって、立場上、醜聞は困るに違いない。

心の中で身構えながらも、そう計算を走らせる。しかし。

「経理部長、いらっしゃいます？」

初めて会った時を思い出すような温雅な声で話しかけられ、優梨は拍子抜けした。

「……お帰りになりましたが」

「そう。じゃあメモだけ残させていただきます」

（本当に、仕事の用事だったの……？）

渋澤はオフィスの中に入室する。遅れて、ぱたん、と軽い音がした。

優梨が顔をあげた瞬間、部屋の電気も消える。

パソコンの光源だけが、室内を青白く照らし出した。

「久々に、ふたりきりになれましたね」

「では――ないです。他のオフィスも、まだ、皆残っ……ひゃ、」

狼狽《ろうばい》した優梨は、腰を浮かせて逃げようとするが、渋澤が歩み寄る方が早かった。

片側ずつ、オフィスチェアに座っている優梨を挟むように、後ろから伸びる両腕。

「約束通り捕まえに来ましたよ」

「そんな……約束、してな……っ」

渋澤は、優梨の髪に頬ずりし、首元に顔を埋める。

柔らかい感触が無防備な肌に当たると、ぞわ、と肌が粟立《あわ》つような感触に襲われた。

「……っぁ、ん……」

反射的に目を閉じてしまう。一体、なにが起こっているのか。

渋澤の鼻が、首に当たる。つう、とぬめらかな感触が、首筋を伝う。

ぞくぞくとした優梨は背をしならせ、両の踵《かかと》をあげてしまった。

「っ……渋澤さん……なにを。ここを、どこだと……思っ……」

「うん？」

「メモ……部長に……。渡すんでしょう。私、代わりに書きますから……」

業務時間中ではないが、ここは職場だ。

こういうおふざけをしていい場所ではない。

渋澤に本来の用件を思い出してもらおうと思い、切れ切れの言葉で、言う。

しかし渋澤は、優梨の首に唇をくっつけたり離したり、ぎりぎり触れるくらいの位置でつーっと皮膚の上を滑らせたりといった戯れを続けながら、悪びれずに返した。

「ああ。じゃあ。あなたの部下を少々業務外でお借りします、とでも。お伝えください」

「な……」

まさか、このためにわざわざ来たと言うのだろうか。

あまりのことに言葉を失う優梨の耳に、渋澤の唇や舌が生む、小さな摩擦音が届いて、恥ずかしさに赤面した。

背後からされることなので、なにをされているか、優梨はきちんと目視できない。部屋も暗い。

それで、視覚以外の感覚が、普段より鋭敏になっているのかもしれなかった。

舌の加えるかすかな圧、唇の位置、吐息の温度、ワイシャツから漂うらしい洗剤の匂い、濡《ぬ》れた咥内《こうない》の音……。

ぴちゃ……ちゅ……っ……くちゅ……ぴちゅっ……。

（やだ……おかしくなりそう……）

全身が渋澤の寄越す感覚でいっぱいに埋められ、酔いそうだ。

優梨は唇のいたずらから逃れようとするあまり、逆側の渋澤の腕に縋《すが》ってしまいながら、彼を止める言葉を懸命に探した。

「厭《いや》がることはしないって……撮影の日、言ったじゃないですか……ぁ……」

「言いましたね」

「わ、私の意思は、関係ないってことですか……？」

「そんなことないですよ」

低く耳元で囁《ささや》いて、渋澤の唇が優梨の耳たぶをなぞる。

「ひ、ぁ」

軽く齧《かじ》られて、うわずった声が漏れた。

「好きなひとは大事にしたい。いつも笑っていて欲しいですし」

「だったら……、もうやめてください、こんな……っ」

ぎゅう、と閉じた目尻に、涙が浮かぶ。弱々しい、食べられる前の小動物の喘鳴《ぜんめい》のような声が、自分の喉から絞り出される。

必死の懇願に、渋澤は顔を離した。

ほっとする間もなくオフィスチェアがくるりと回転し、目の前に渋澤の顔が来る。

顔の近さに、全身が火照った。頬に手を添えられて、その温度は更に上がる。

「優梨さん。好きです」

（……な、まえ……っ）

突然名前で呼ばれたことが、優梨の体を焚《た》きつけたようだった。

熱い。

「好きです。厭がらないで」

そして唇を塞がれる。

角度を変えて何度か啄《ついば》んだ後、唇の隙間から侵入した舌は、ちろり、と優梨の舌を味見した。その感触で、未成熟の官能が胸に燃え広がる。

「……んん……」

一度離れた唇は、今度は深く合わさった。

とろりとした、芯を溶かすような舌戯に、次第に頭がぼうっとしてくる。

薄い優梨の舌を吸い、離し、舌先でくすぐって。

まるで、体に向かって甘く口説かれているようなキスだ。

睦言《むつごと》を囁き、優しく追い詰め、疼《うず》くところに当て、誘う。

触れ合ったところの境目が体温で溶けて、トロトロになってしまいそうだった。

「……ふ……ぁ、……や、嘘《うそ》……つき……」

「嘘じゃない。好きです。あなたが好きだ、優梨さん」

息継ぎの合間、こくり、と唾を飲む。その中に渋澤の唾液が混ざっていることを意識してしまうと、お腹の辺りまで熱が広がった。

力の籠《こ》もらない足の付け根が、かすかに震えた。

その様子に気を良くしたのか、もう一度キスしようとしてきた渋澤を、優梨は両手で押し留める。

「待って――……まっ、て。お願い。考えさせて……っ」

「僕を拒む理由を？　だったら僕は、拒まれない理由を作らないと」

「んー……ぅ」

渋澤は優梨の両手首を捕まえ、体を開かせて、再び口を塞いだ。

ちゅ、ちゅ、とからかうように啄んだ後、唇の合わせ目をねっとりした舌使いで攻めてくる。もう開くまいと思ったのに、意思に反して渋澤を受け入れる唇は、ひどく淫らな熱にふやけていて、愛撫《あいぶ》を受けるたびに悦びながらその快感を全身にうち広げた。

「ぁ……っ……やぁ……」

体中に電流を流されたように、びくびくと震えてしまう。

甘ったるいきもちよさの波に押し流されて、全身から力が抜けていく。

歯列をなぞる舌に、ねだるように自分の舌を添わせてしまう。

どうして、キスだけでこんなふうになってしまうのだろう――。

混乱する優梨の舌をきつく吸い上げて離した後、渋澤は囁いた。

「感じやすいね」

とくとくとく。速くなった鼓動に乗せて、全身に酩酊《めいてい》がめぐる錯覚に襲われる。

女性の性感帯と呼ばれるような箇所から、ここも、と訴えるような、物欲しげな震えが伝わって来て、それを押し殺そうとしている刹那、

「っぁん！」

耳を舐《な》められ、びくんと痙攣《けいれん》した。

とろんとした目で浅い呼吸を繰り返す優梨を、満足そうな表情で観察した後、渋澤は摑《つか》んでいた手を片手ずつ、口づけしてから解放する。

「先に進めて、いい？」

「……いいわけ……ないです……。まだフロアにはひとが残っているのに……あっ」

「優梨さんはなかなか素直じゃないひとだから。体に訊《き》いてみようかな」

大きな掌が、服の上から優梨の胸の膨らみを掬《すく》い上げた。

信じられないことに、自分からこぼれた声は、悦楽に溶け始めている。

ひどく欲深なものとして自身の耳に届く声に、優梨は裏切られた気持ちになった。

（どうして……どうして、私、こんな……こんなの、絶対だめなのに……）

理性は警告音を鳴らすものの、体は放埓《ほうらつ》な熱を湛《たた》えて、今以上の刺激を欲しがっている

のがわかる。

かたちが変わるほど渋澤の指に揉《も》み込まれる最中、先端が擦れるごとに、淫らに乳房全体が疼き、きゅうきゅうと内腿《うちもも》の奥が収縮した。

「ふ……ぁ……ん……」

愛撫されながら、優梨はいつの間にか抱き込まれている。

せっかく自由になった優梨の両手は、まるで離さないでと言うように、渋澤の肩の後ろに回されていた。

渋澤はキスをしながら、優梨のブラウスの裾をスカートから引き出すと、キャミソールの下に手を差し入れて侵入し、ブラジャーのホックを外した。

「優梨さん……胸、柔らかくて、冷たくて……僕の手の中で溶けてしまいそうだ」

「……ぁ……いや……」

カップから外され、自由になった心許ない胸を、渋澤の手が蹂躙《じゅうりん》する。

その指先が、一点を摘み上げた。

「あ……！　ツン！」

凝っていた乳首を指先で揉みほぐされて、腰がいやいやをするように揺れる。

「やめ……て……渋澤さ……っア、ぁん、……ひぁ」

「……こんなに乳首を勃てているのを見せられて、そんな声を聞かされたら。止められるわけがないね……」

「やっ……ぁ……見せて、なんか……ない……っ」

神経を直に弾かれるような感覚だった。

嬌声《きょうせい》を必死に抑えたが、その分、疼きが体の中から出て行かずに溜まっていく。

オフィスチェアの上で、優梨は体を震わせ、淫らに腰をくねらせた。

「——ああ本当だね。じゃ、この目で見せてもらおうかな」

「ン……やぁぁ……っ！　う、うそ、見ないで……」

「……きれいな色だ。桜貝みたいに淡くて。かたちも……つんと上を向いて」

「言わ、ないでぇ……——あ！」

渋澤は、優梨のブラウスのボタンを下から外し、キャミソールを捲《まく》り上げると、小さな頂きを唇で挟む。

くんっ、と引っ張られ、くりくりと捩《ね》じられ、舌で上から押し潰されるたび、そこから電流のようなものが走り、頭の中が白く塗り潰された。

——ここは仕事場で。こんなことは許されない。そんな常識すら、飛びそうになってしまう。

「渋澤さ……ん……だめ……、っあ」

「だめって……こりこりと尖《とが》らせているのは誰？　こんなに物欲しげにして……」

「あぁっ……！　ちが……ぁ」

熟れた頂きをきゅう、と強めに吸われると、腰が浮く。

「違わない。いやらしく腰を振って……。まさかもう濡らしているとか？」

「ちが……ちがいま……」

「すぐ、確かめてあげる」

「もう……やめて、やめてください……こんなの、耐えら……」

言い終わらないうちに、渋澤の掌が太腿を這《は》い始める。

目を閉じていやいやと首を振っていた優梨は、ドアの向こうから近づいてくる話し声に、ふいに意識を引き戻された。

（誰か……こっちに、来る……）

仕事を終え、解放感に溢《あふ》れた声のふたりは、経理部のオフィスの前を通って、従業員用エレベーターに向かおうとしているのだろう。

「あれ、経理部のドア閉まってる。帰ったのかな。さっき覗《のぞ》いた時はいたのに」

「高田さん？」

「そうです。この前のモデルのお礼がまだだし。残っていたら、おごろうと思ったんだけどなー」

凛だ。話相手は婚礼課の同僚か上司だろう。

（……ドアの……鍵は閉まってる？　もし、確認のために開けられたら……）

優梨は裸の胸を晒《さら》したまま、助けを求めるように渋澤を見た。

こんなところを見られたら　彼だってまずい筈だ。いずれ会社のトップに立つようなひとは、自分の立場を大事にするものだと——そんな淡い期待は、あっさりと裏切られた。

不埒な手が、なおも優梨の太腿を這い上がり、両足の間へ滑り込もうとする。

優梨は内腿に力を入れてそれを阻もうとしたが、渋澤は再び敏感な胸の先に吸い付き、容赦なく舌で捏《こ》ね回した。

「〜〜〜——っ……」

びくびくびくっ、と全身が震える。

反射的に呼吸を止めて、なんとか刺激をやり過ごすと、息を継ぐ間もなく今度は逆側の乳首を甘噛《あまが》みされた。

「……っ、っ、っ……！」

声が出せないのに、強さと角度を変えて何度も食まれ、無理やり与えられる快感は、まるで責め苦のようだった。

舐められ、噛まれ、吸われる。

刺激を受け止めた後、くたりと緩んだ両足の隙間は、いとも簡単に渋澤の手の侵入を許した。

（だ……だめぇ……っ）

長い指が、ストッキング越しに、白いショーツの中心を撫でる。くちゅり……という音を錯覚するくらい、布地は粘液を染み込ませている筈だ。

二度、三度と秘部を抉《えぐ》られて、あられもない声が溢れそうになるが、ほとんど同時に響いたノックの音が、最後の理性を繋《つな》ぎ止める。

かろうじて嬌声を呑《の》み込むと、渋澤の肩に置いた手を自分の口元に持って行き、押さえ込んだ。

「おーい、高田さん？　もう帰ったのかなー？」

「…………」

「うーむ。逃げられたようです」

「まあ、高田さんにとってはラッキーだったかもしれないわ。あなた酒癖悪いものね」

「マネジャー。そんなあ」

扉の向こうで笑い声が響く。その間も、渋澤はゆっくり優梨の胸を舐めながら、布越しに粘蜜をぴんと膨れた秘玉に塗りつける意地悪を続けている。

「……っ……ぁぅ……ん……」

従順に腰を踊らせてしまいながら、湿った水音と熱い溜め息がドアの向こうまで届かないことを、願うしかなかった。

（だめ……敏感になりすぎてつら……い……もう……こわれちゃいそ……）

異常な状況下の興奮と刺激に、ぐずぐずに体の芯が溶けた優梨は、オフィスチェアの背もたれに体重を預けて耐えていたが、とうとう口を覆っていた手が外れてしまう。

ほかに手段がなくてどうしようもなく、切ない吐息だけの声で、許しを求めた。

「たすけて……渋澤さん……」

もうおしまいにして、と続けたかったが叶《かな》わない。

渋澤は使っていない左手の人差し指を優梨の唇に与えた。

観念して、優梨は渋澤の指を口に導き入れる。縋るように吸い付いて、快楽から気をそらそうと努めた。

ドアの向こうには、そろそろ、誰もいなくなっただろうか。

凛たちはエレベーターに乗って、もう帰っただろうか。

気配をたどろうにも、五感すべてが淫らに乱された後で、もうめちゃくちゃだ。

ひどく長く感じられる時間、とろ火で炙《あぶ》られるような快楽を与えた後、渋澤はようやく手を止めた。

はっはっと、真夏の犬のようになってしまった息遣いを整える優梨の口から、ふやけた指を外して、渋澤は軽く鼻先にキスした。

「もう。反則だよ。優梨さん。こんなにかわいく感じる姿を見せられたら、僕は……」

「……っ、ひどいこと、あんな……！　ドア、開くんじゃないかって、こわかっ……」

「鍵は最初にかけたよ。見られて既成事実にできるなら、別にそれでも構わないけれど」

「既成事実……？　っあん！」

「僕のものにできるなら。……犯してもいいな、朝まで、ここで」

渋澤は優梨のショーツの内側に左手を突っ込んで、まだきゅうきゅうと媚肉《びにく》が収縮している蜜口を、ぐちゃぐちゃとかき回し始める。

「っあ。いやぁあっ。いや、今無理っ……」

「ずっとぴくぴく震えながら、軽くイき続けてたみたいだから。きもちいいでしょう？　矯正したけど元は左利きで、こちらの方が器用なので」

「——……っ、やぁ、ああん！」

「ほら。悦んで、腰が浮いた」

熟れ切った南国果実のようになった陰唇を二本の指で揉み込まれ、蜜口をかき分けられ、つぷりと——中に挿れられ。

出し挿れをされると、声を堪えるどころではなく、ひどく身悶《みもだ》えてしまう。

「夜の間中、ここであなたの椅子になろうか。下から串刺しにして……全身にキスして、両手で愛撫して……壊れるくらいきもちよくしてあげる。とろんとろんに僕のものに仕上がったあなたを、明日、出社してくる誰かに見てもらえばいい」

「いやっ。いやぁ、ゆるして。どうしてそんな」

穏やかな声も。柔和な表情も。普段の渋澤となにも変わらないのに。

情欲を滲《にじ》ませた瞳だけが、まるで茶褐色の酒のように、目の前で揺れている。

「……かわいいあなたが、あんまりきもちよさそうな声を出すから——。この敏感な柔肌に先に触れて、囀《さえず》り声を引き出して、いやらしい体に仕立てた男のことを考えると——おとなげなくてすみませんが——ちょっと」

「だめ、だれか、来ちゃ……ンンー！　……んあっ、きゃぅ……」

「僕の手にこんなに蜜を垂らして、ダメもなにもない。嘘つきで淫らな女の子だ、本当に……」

「だ、め……ほんと、いや、ここでだけは……。おねがい、なんでも……っ、るから、他のとこなら、いいですからぁ……っぁ、あ——……！」

渋澤の指を二本も中に飲み込まされ、弱いところをあっという間に探り出されて、胸まで同時に弄られると、わけがわからないうちに目の前が真っ白に飛んだ。

ひくひくと熱くうねり、挿入された異物を締め付けている秘所の奥の方から、早速またとろりと蜜が滴り落ちるのを感じる。

（まだ、イッてる……途中なのに……）

違うものを欲している。渋澤の言う通り、自分は淫らな体を持っているのだ。

理性が拒んだことだというのに、体はあっさりと、きもちよければいいとばかり、受け入れようとしている。

「もう一度言って？　優梨さん」

「ぁ……ん……。……言うこと……聞きます……。なんでも……」

「僕はあなたが欲しい」

「……差し上げます。だから、どうか……。ここでは……」

「僕の部屋なら、いいんですね？」

こくりと頷《うなず》くほか、逃げ道はなかった。

5　快楽園──ヴィラにて

朝の光と小鳥の囀《さえず》りで、一度、目が覚めた。

普段目覚ましにしている携帯電話のアラーム音は聴こえなかったが、瞼《まぶた》越しに感じる部屋の明るさに、そろそろと体を起こすと、

「離さない」

精悍《せいかん》な裸体が、優梨の体に手を伸ばし、両腕の中に閉じ込めるようにする。

「……でも……仕事……行かなきゃ……」

「今日はお休みの日でしょう」

渋澤に捕まえられて、寝転んでしまうと、再び瞼が重く垂れてしまった。

そうだ。休みの日。まだ眠れる。そう理解した瞬間、一瞬で眠気に引きずり込まれる。

夜の間——どれほどの時間、彼に抱かれていたのか、わからない。

滾《たぎ》った屹立《きつりつ》を幾度となく突き立てられた秘裂は、朝になった今も、まだじんじんと痺《しび》れているよう。

内腿《うちもも》には、粘液が乾いた後の妙な感触が——そして秘部には、粘度を増した潤みがまだ残っていることが、足を擦り合わせるようにした時、わかってしまった。

どれだけいやらしいことを愉しんだのか思い知らされるようで、自分の浅ましさに堪らなくなる。

昨日は、シャワーすら浴びさせてもらえなかった。玄関を通された後、ベッドに辿《たど》り着く間も惜しいとばかり、激しく求められ、服を剝ぎ取られ、体をまさぐられた。

何度達しても許されなかった。優梨が一番感じるところを探るように愛撫《あいぶ》され、なけなしの理性が溶けるまで高い声で啼《な》かされた。

その時の自分の痴態を思い出すと、死にたくなるほど恥ずかしくなる。

感じすぎて爛《ただ》れのような熱を持ってしまった隘路《あいろ》を、反り返った屹立に押し拡げられた瞬間の鮮烈な快楽は、今、思い出しただけで、くらりと眩暈《めまい》を起こしそうだ。

激しい抽送にすっかり腰がくだけ、喘《あえ》ぐしかできなくなってしまっても、渋澤は熱心に優梨の内奥を穿《うが》ち、求め続けた。体位を変え、のぼせるような言葉で愛を囁《ささや》きながら……。

オフィスで渋澤は嫉妬してみせていたが、優梨の経験はさほど豊富ではない。

周りの女の子を見ながら、ひとりだけ浮かないようなタイミングで同学年の彼氏を作り、ファーストキスをし、同じひとに処女を捧《ささ》げた。

最初は痛かったが、彼氏が望むならと希望に応え続けて、しかしそれはこんなにめくるめくような体験ではなかった。最初の彼氏は余裕がなく、いつも性急な挿入で、優梨の快楽のタイミングなど見えていないようだったし、社会人になってからできた彼氏も、今にして思えば相性が良くなかった。優梨はいつも、言い方は悪いけれど、相手が喜ぶような喘ぎ声を出し、演技をしているようなところがあった。

昨日は、とてもそれどころではなく――とは、悔しいので、渋澤に伝えるつもりはない。


「優梨さん」

「……ん……」

「朝食、いらない？」

「……いま……何時……？」

「…………」

次に意識が浮かび上がった時には、すっかり日が高くなっている様子だった。

深い眠りの余韻がなかなか抜けず、優梨は覚醒しきれないまま、広いベッドの上で何度か寝返りを打つ。

糊《のり》のきいたシーツの、さらりとした感触。体温に染まり切っていない、まっさらな部分は、特に素肌にきもちいい。

布団の中でのんびりと午前中を寝過ごす、休日限定の贅沢《ぜいたく》を満喫してしまったのかと思ったが、なにかがおかしい。

（……ちが、う。私——……。ここ、は）

ここは自分の家ではないと気付いた優梨は、ゆっくり上半身を起こした。

全身が、重く気怠く、どうしてだか、淫らな痺れが残っている気がする。

夢の中で、痺れるようなことを考えてしまった覚えはあった。

だから、だろうか。

部屋を見回す。すると、天蓋つきベッドのすぐ横で、足を組んでチェアに座っている渋澤と、紗幕《しゃまく》越しに目が合った。

「しぶさわ……さん……」

「——おはよ。優梨さん」

紗幕の向こう側は、窓から差し込む陽光のせいか、漂泊されたように白く見える。

そんな中、渋澤は紺色のバスローブを纏《まと》い、柔らかな微笑を浮かべて、ティーカップを傾けていた。

（……ここ……は……――）

ぼんやりと記憶をたどる。

なにも忘れていない。ここは渋澤に連れて来られたヴィラ。その経緯は――むしろ忘れてしまいたいほど恥ずかしいけれど、きちんと覚えている。

（……私……、こんな恰好《かっこう》で……）

明るく、渋澤の目もある場所で、無防備に上半身を晒《さら》してしまっていることに気付き、腰まで纏っているリネンを引き上げる。

そうだ、シャワーを浴びさせてもらわないと、と思った。着替えも化粧品も持って来ていないけれど、ひとまず昨夜の残滓《ざんし》を洗い流したい。

渋澤ばかりまともな恰好をしていることも、優梨の羞恥心を煽《あお》った。

まとまらない頭でベッドから下りるが、昨夜激しく求められたせいで腰が立たず、リネンに少し足を取られたことも手伝って、ぺたり、と床に座り込んでしまう。

あっ、と思えど、声も出ない。

「………………」

「ねぼけているの？　優梨さん。かわいいひと」

確かに優梨は少し低血圧気味だ。朝が弱く、覚醒にはひとより時間がかかる。

（でも、修学旅行でだって、元彼の家でだって、こんなふうにはならなかった……。きっと、渋澤さんが、手加減してくれなかったからだ。……ばか……）

寝起きの顔など長く見られたくないのに、倦怠感《けんたいかん》が危機感を上回ってしまうのだった。

「いろいろ、持って来させはしたんですけど。なにがお好きですか？　って、答えられるかな。マンゴージュース、飲みます？」

「……はい」

渋澤は、近くに置いてあるワゴンの、色とりどりの液体が入ったデキャンタの中から、オレンジ色のひとつを選び、中身をグラスに注ぎ入れて、持って来てくれる。

渋澤に差し出されたストローを口に含み、吸った液体を喉の奥に送ると、甘すぎるほどの糖分がじんわりと気怠い全身に沁《し》みて、少しずつだが頭の回路が働き始めた。

「もっと？」

「はい……」

「ああ。もう。どうしちゃったんですか。優梨さん」

くすくすと笑った渋澤が、優梨の唇の端に垂れたジュースをぺろり、と舐《な》め取る。

その感触に、体は過敏なほど反応し、ぞくぞくと震えた。

「やめ……。体が……変です……。ぼうっとする……」

「自由に動かない？　昨日、虐めすぎたかな」

「ああ、見ない……で。……洗い、たい」

「腰が立たないんじゃ、バスルームまで行けないでしょう？」

「汚れ、てるん……です……」

昨夜の残滓が、まだ下半身を汚している――。婉曲《えんきょく》にだが、それを伝えようとして、気付いた。

今朝眠りながら自覚した筈《はず》の、粘液の感触が、足の間になくなっていた。

汗をかいた筈の全身も、心なしかさっぱりしているような気がする。

どうしてだろう。

「さっき拭いてあげたから、きれいになったと思うけど。……それとも新しい蜜が、また溢《あふ》れているのかな？」

「さ、さっき……？」

記憶にないことを言われて疑問符を浮かべる優梨の首筋に沿わせるように、渋澤は舌を這《は》わせ始める。

そちらが気になって、疑問どころではなくなった。

「……あ。……なに……を？」

「ジュース。舐め取ってあげる」

「あっ、ン……。そんな、とこ……こぼれてな……」

「こぼれてる。ほら、甘い」

言いながら、優梨の唇に唇を重ねて、舌を絡めた。

だらしなく脱力した舌への接触。境界がとろっとマシュマロのように溶けていく。

「……ん……」

優梨は眉を寄せ、ぴくん、と体を跳ねさせた。

渋澤の指が、意地悪に片胸の頂きを摘み上げたのだ。

そこは、昨晩さんざん弄られ倒された後と同じように、腫れて大きくなっていた。

「あぁ。悪い子だな。僕が見ていない時に、朝食ワゴンの果物をつまみ食いしたんだね？小さな子みたいに、こぼして。ほら……」

「ん……んん——！　ン」

キスからも指からも逃がしてもらえないまま、優梨は身悶《みもだ》えた。

こり、と側面から軽く潰されるだけで、びりっと思考回路が焼き切れそうになる。

感度がおかしい。

まるで昨晩、一番快楽がきつかった時からの延長戦のようだ。

「あ。こっちにも見つけた」

「んンッ――……ッ、ふ、……ぁぁ……」

「おかしいな……。ちっちゃな実が指の上でころころ転がって、ちっとも拾えない」

親指と人差し指を使って、きゅ、きゅ、と摘まれると、強すぎる刺激が優梨の体中を蹂躙《じゅうりん》した。

頭の芯が痺れる。

ひと晩中、緩急をつけて、優梨を苛み続けた電流。

……眠っている間は？　体は、充分休ませてもらえていたのだろうか？

「んー。僕もねぼけてるのかな……。指先が滑る……」

「ひぁ！　んぅ……やっ、あ、痛……」

限界まで勃った乳首を何度かつまはじかれ、痛みを訴えた優梨に、渋澤はようやく唇を解放した。

「あ……。痛がらせてごめん。もうやめようか？」

「あぁあっ……。はい……もう、やめてぇ……」

ふやけた口元。嬌声《きょうせい》を絡め取るキスで、ぐずぐずに溶かされた優梨の舌先は、ぴくん、ぴくんと震えている。

（もう……もう、いい加減にしてくれなきゃ……私、どうなっちゃうかわからない……）

視線の訴えかけに応えるように、優梨の腰を持って膝立ちにさせると、渋澤は下から顔を覗《のぞ》き込み、安心させるように優しく笑んだ。

「――うん。拾うのはやめた。直に食べる。優梨さん」

「っや……。あぁぁ！」

神経が剝《む》き出しになったような乳首を、熱い舌が包む。

舐めしゃぶられて、優梨は首を振りたてて甲高く喘いだ。

「だ、だめ……あぁ……」

「よく熟れてて、甘い実だ……」

「も……いや、いやなの、ひゃぁぁん！」

「こっちも」

「やっぁあ、嚙《か》んじゃ厭《いや》、いや……ぁぁ、そこ、果物じゃない……っ」

優梨が崩れ落ちないように腰を支えて抱く腕が、まるで枷《かせ》のようだ。逃げ場がない。

「こんなに甘いんだから、果物だよ。……もっと食べたい。なくなるまで齧《かじ》り尽くしたい。……あるんだろう？　悪い子が隠してないか、探してあげる。……こっちから甘い香りがするんだ……」

「あっ、あっ……厭……そっちにはありませんっ……」

渋澤は優梨を持ち上げて、ベッドのマットレスに腰を乗せさせる。

下から覗き込むようにした渋澤に、足をばたつかせて抵抗しようとしたが、それは肉襞《にくひだ》を自ら開いてみせるようなもの。羞恥に、優梨は一瞬硬直してしまう。

せめて内腿を合わせようとしたが、叶わなかった。腿の後ろを押され、高く片足を掲げさせられてしまう。

無残に開かれた花苑《はなぞの》に、花泥棒は顔を近づけた。

「厭ぁ。見ないでくださいっ……」

明るい部屋での意地悪に、優梨は真っ赤になって首を振る。

「……ああ。そんなに力を入れてひくひくさせたら、中に隠した実が潰れてしまうよ。その香りだね、果汁も、こんなに溢れて」

言うがいなや、ぬるっ、としたあたたかい感触が、柔花の襞を走っていく。

濡《ぬ》れた粘膜に湿った吐息が当たって、優梨は、自分のどこになにがどうされているのか、

思い知らされた。

「……いやぁ！　あぁ、んん、そんな」

「ほら、やっぱり、甘い」

「いや、そんなとこ、舐めちゃだめ、渋澤さ、アぁ」

「奥で絞って、僕にジュースを飲ませるつもりなの？　優梨さん。ちょっと、サーヴィスしすぎじゃないか？　こんなに。……聞こえる？　水音」

「あァ……いや、いやぁ……！」

渋澤はわざと潤みの中心を舌で掻《か》き混ぜて、ぴちゃぴちゃと音を立たせた。

これでもか、と卑猥《ひわい》な音を聴かされて、優梨はもう、溶けて消えてしまいたいと思う。

しかし渋澤は、なにが愉しいのか、ひどく愉快そうにくすくすと笑った。

密やかに足の下で空気が揺れるさまでさえ、ふやけ切って敏感になった花蕾《つぼみ》には、刺激になる。

また、とろりと新しい蜜がこぼれた。

「さあ、探し物をしますか」

「やめ……て……。ああ……ぁ……」

優梨が手を精一杯伸ばして止めようとしても、指先はぎりぎり渋澤の癖のある髪に触れるだけで、役には立ちそうにない。

諦めの混ざった嬌声は、背のしなりとともに、高く短く跳ねた。

「あんっ、ああ、……——ッ、は、ひィン！　いぁ、いやぁ」

少しだけざらざらとした、長い舌が、優梨の秘所に我が物顔で分け入る。

襞の始まりから、溝をなぞる舌は、浅いところを探るように伝う。

帰り道は舌を丸め、溝を押し拡げるようにジグザグと、引き返す。

二度、三度、ゆっくり同じことを繰り返されるだけだ。それなのに、あっという間に快楽が頂点に押し上げられ、頭が真っ白になった。

舌から逃げたいと、ゆらゆら揺れる腰が、刺激の当たり具合を変えて快感を生み、やがて自分では止められなくなる。

かくかくと、まるでもっとと言うように、淫らに踊った。

達したいのに達せない。これ以上は無理だと思っても、いいところが舌に当たれば、まだ上に押し上げられる。

「自分から探し物のありかを教えれば、早く楽になれるよ。優梨さん。疼《うず》いている場所はない？」

「っあ……しらない……わからな、ふぁ」

「わからないなら、しょうがないか……。もっと、奥かな」

尖《とが》った舌が、襞の奥に向かって差し入れられる。

ヌプッ、ヌプッと蜜口を出入りする感触は、昨晩さんざんきもちよくさせられた別のものに似ていて、けれどそれと比べて圧倒的に質量も固さも足りない。物足りなさに、ほとんど無意識に優梨は指でシーツを掻き毟《むし》っていた。

「あぁ——……渋澤さん、つらい、これ、つらいの……ぁあ」

「どんなふうに？」

「あ、あ——。足りないっ……」

時々痙攣《けいれん》が走り、快楽にすべて持って行かれそうになるのだが、刺激が柔らかすぎて階段をあがり切れない。

あと一歩、というところで達せないまま、天井知らずに、追い詰められる。

「どうされたい？　優梨さん」

「……あ……ん」

きゅうきゅうと飢えに蠢《うごめ》く空洞を渋澤自身で埋めて、ベッドが軋《きし》むくらい激しく揺さぶって……。

とは、言えない。

これだけ乱れさせられて、みっともない姿を晒しているのに。なにと換えても、楽になりたいくらい苦しいのに、それだけは、どうしても口にできなかった。

物欲しそうに腰を揺らしながら、優梨は黙ってしまう。

すると渋澤は、再び優梨の足の間に顔を埋めた。秘裂に舌を挿れようとして、なにかに気付いたらしく、つん、と舌先でそれを突つく。

「これはなに？　……ああ。こんなところに隠していたのかい？　やっぱり、ない、なんて嘘だったね――」

襞の上部にある粒は、それを見つけた渋澤の舌の上で、ころころと転がされる。

「ひぁ、ゃ、やめ……」

「この実は皮付きだから、きれいに剝いてあげないと。でも、こっちの奥にも、まだ隠しているんだよね？　汁が溢れてくるからね。舌じゃ届かなかったから、仕方ない……」

「剝か……ないでっ、あぁ、指、いやぁ、曲げない……でぇ」

ひときわ敏感な花芽の包皮を啄《ついば》まれながら、蜜路に埋め込まれた指でつぷつぷと内壁を探られ、気が遠くなる。

快楽に失神しかけ、快楽に引き戻され……甘い喘鳴《ぜんめい》を漏らす合間、前置きなく、ぷつ、と赤い実を甘嚙みされて、優梨は甲高い声で啼《な》きながら弓なりにしなった。

ようやく訪れてくれた快楽の大波を、震えながら受け止めた優梨は、大きく息を吸い、吐くと同時、意識を手放した。


「……ほら。優梨さん」

「ぁ、ひぁん」

「挿れただけで、簡単に飛んじゃって……しょうがないね」

「――ぁ」

渋澤が、ぐい、と優梨の上体を引き上げる。

その動きで、足の間に咥《くわ》えさせられた肉棒が擦れて、自分の声とは思えない甘ったるい嬌声がこぼれた。

「自分で動いて、この中になにも入っていないって、証明するんだろう?」

そうだった。相手の腰にまたがった優梨は、横になった渋澤の言う通りに、不慣れな腰を使い始める。ふたりの体の間で、ぐじゅぐじゅと、混ざり合った粘液の泡立つ音がした。

「そう。奥まで挿して。ゆっくり腰をあげて。また落として。一番きもちいいところに当ててご覧」

かる。

不器用に腰を使うと、えらの張った渋澤の先端が、腹の裏側でごりごりと擦れるのがわかる。

「あぁ……っ」

「そんなにきもちいいの？　いやらしい顔、するようになって……」

「あァ……はぁっ……渋澤さ……」

「っ……そんなに、締め付けない」

待ち望んだものをようやく与えられ、楔《くさび》のずっしりとした圧迫感でいっぱいに満たされて、優梨の腰はほとんど溶けていた。

自分で自分を追い詰める苦しさに震えながら、屹立を何度も呑《の》み込まされる。

最奥まで達すると、溜《た》め息が出るほどの充足に包まれるのに、渋澤の指示でまた腰をあげさせられ、切なさを味わわされた。

楔を引き抜く際の、入り口の襞を内側から捲《まく》り上げられる快楽と、もう一度埋め込む時に拡げられる感覚の繰り返しに苛まれ、優梨は渋澤の胸板に手を置き、眉を寄せて喘ぐ。

「渋澤さ……ん……あぁっ！」

つたない抽送を助けようと思ってか、はたまた追い詰めるためか、時折ズン、と渋澤が腰を使って下から突き上げる。

脳天まで痺れるほどの重い律動を、全身をわななかせて享受する優梨を、渋澤は優しい瞳で見ていた。

「達したいの？　さっきイッたばかりでしょう？」

「……したい……ぁあ、疼い、て……壊れちゃうよぉ……」

きゅうきゅう、と浅ましく蜜壺《みつつぼ》が収縮して、もっと刺激を、と求める。

快楽のたががが外れてしまったかのようだった。

「もう、かわいいひと。じゃあ、壊れて」

「あ、そん……あぁああ……やぁぁ……あぁあっ」

渋澤は優梨の両手を取って指を絡め、その両方の甲にキスを贈ってから、容赦なくガンガンと腰を使って突き入れ始めた。

目の前に火花が散るような強い刺激に、優梨の四肢がぴん、と突っ張る。

「あぁあ……あっ……すごぃ……っ……ああぁぁ、来る、来ちゃうの……っ」

「何度でもどうぞ」

「いや……ぁ、いって、……るの、あぁ、ぞくぞくす……あ、もう、下りさせてぇ……」

騎乗の恰好で、子宮口まで抉《えぐ》るように激しく穿たれ続けた優梨は、一度達しても解放されることなく、再び気を失うまで、淫らな腰使いの男の上で揺さぶられていた。

6　与えられた果実は甘く

熱めのシャワーとシャワージェルの香りが、体に残る気怠さと狂熱の残滓《ざんし》を洗い流していく。

ひとりでバスタブの中で体を洗いながら、優梨はふうっと溜《た》め息を吐いた。

（……どうかしてる……）

昨日の自分は、一体、なんだったのだろうか。

深入りするまい、と決めた筈《はず》の男に体を開き、それだけならまだしも、一体何度、交わったのだろう。

昼も夜もなく一日中絡み合い、どろどろに混ざり合った。ベッドでも、ソファでも、このバスルームでも――。

あれは、正しく痴態だ。

その爛《ただ》れた快楽へ手引きしたのは渋澤だが、堪えきれない疼《うず》きを、絶頂を、彼だけのせいにすることはできなかった。

知らない自分を見た。あまり見たくない自分だったが。

そろそろ、いつもの自分に戻ろう、と思う。

行為の余韻を抜き、気合いを入れて、優梨はバスルームを出た。

そこに畳んで置いてある赤ワイン色のローブを、素肌に纏《まと》う。バスローブの裏地はタオル地になっていて、左胸に『ヴィネタ』のロゴが入っていた。試作品だろうか。それとも、本採用になったものだろうか。

ドライヤーで髪を乾かし終えた頃、色違いのバスローブを着た渋澤がドアを開けた。

身支度を整えつつある優梨を見て、少し残念そうにした後、おはようもなしに、

「言えば、昨日みたいに、体の隅から隅まで洗ってあげたのに」

不穏なことを言って首を傾げる。

優梨は、普段通りに戻ったと思った体の芯に、あっという間に熱がともりそうになり、慌てた。

しかし顔には出さず、ドライヤーを片付けながら言う。

「大丈夫です。おはようございます、渋澤さん。……起き抜けにこのようなことをお尋ねして恐縮ですが、私の服と下着をご存知ありませんか？」

自分でも探したのだが、見つけられなかった。

「帰るの？　なにか用事でも？」

「……はい」

取り立ててなにか約束があるわけではないのだが、家の布団を干し、洗濯機を回し、溜まった洗濯物にアイロンをかけ、食器類を洗わなくては。

爪の手入れもそろそろ必要そうだったし、離島で売っていない化粧品や生活雑貨をインターネット通販で手に入れたかったし、斉藤に借りた映画のＤＶＤも見ておきたい。

積み上がった雑多な用事のことを考えると、生産性のない土曜を過ごしてしまったことが、つくづく悔やまれた。

「用事、あと一時間くらい大丈夫？　その頃には、用意できると思うけど」

「え？」

「昨日、全部クリーニングに出したから」

「あっ……ありがとうございます……」

クリーニングに出してもらうような良い服ではないのだが、汚れたものを身に着けて帰ることを覚悟していたので、正直とてもありがたい。

「急ぐなら、ちょっと来て」

「…………？　はい」

一時間程度なら問題なかったのだが、渋澤が先に立って歩き出したので、それに従った。

バスルームを出ると、たっぷりの朝日が差し込むリビングに出た。

一昨日も昨日もゆっくり見る暇がなかったのだが、コテージタイプのこの部屋は、二世帯の家族が悠々と過ごせそうなほどに広い。

天蓋つきの、クィーンサイズのベッド。L字型の大きなソファ。

木目の床と涼しげな真っ白いリネンが、部屋を更に明るく感じさせることに一役買っている。アクセントにみんさー織のベッドスローやクッションが置かれており、上質ながらも親しみやすさを感じる内装だ。

サンデッキの向こうには亜熱帯の樹木が茂り、その葉陰にプライベートプールがある。

いかにも雑誌の南国リゾートホテル特集に登場しそうな、という感想を持ったが、比喩ではないことにすぐに気付いた。

ここは優梨たちのオフィスでもあるホテル本館とは別棟になるものの、『ヴィネタ』の敷地内にある、客室のひとつなのだ。

こんなところに一泊しようと思ったら、優梨の一ヵ月分の給料をつぎ込んでも、足りるかどうかわからない。

「見せたいものがあるんだ」

渋澤に続いて、玄関の横のウォークインクローゼットに足を踏み入れた優梨は、そこに並ぶたくさんのスーツや靴、旅行用トランクに、目を見開いた。

「……渋澤さん、このヴィラに、住んでいるんですか？」

鍵を持っているということは、私的利用の権限が与えられているということだ。

連れ込まれた時にそれは察知できたが、生活のための住居は別にあるものだとばかり思い込んでいた。

「離島《こっち》にいる間はね。いつまでいるかわからないし、出張も多いし。マンションを借りて家具家電を揃《そろ》える方が非効率だから、借り上げてる」

「……へえ」

「こっち」

長期滞在客を想定してか、ゆうに生活できそうな広さを有するクローゼットの一角に、渋澤は優梨を連れて行く。

黒やグレー、ダークブラウンなどの、かっちりしたビジネス用の色彩の中に、その場所だけ、まるで百花繚乱《ひゃっかりょうらん》とばかりに、きれいな色が溢《あふ》れていた。

「この辺りのものは、優梨さんが自由に使ってくれていいから」

「……え？」

ハンガーに吊《つ》るされているのは、リゾート風のワンピースやトップス、ショートパンツやスカートなどの、色鮮やかで美しいシルエットの女性用の服。驚くべきことに、水着やフォーマルドレスまであった。

その下の備え付けの棚には、帽子やサンダル、バッグなどの小物が並んでいる。どれも、とても良い品だ。

「下着や化粧品、香水なんかも、愛用のものとは違うと思うけど、一通りここにあるので。良かったらどうぞ」

「ま、前の彼女さんが置いていかれたものですか……？」

「どうして。新品だよ。あなたの写真を送って、東京のスタイリストに似合いそうなものを選ばせたんだ」

「な……、こんなの、困ります」

「用意しておけばいつでも手ぶらで来てもらえる。ここから出勤できるようにしておけば、仕事以外の時間、片時もあなたを手離さなくて済む。そういう僕の打算だから、恐縮する必要はないよ。せっかくだし気に入ったのがあれば着てみて。僕はガーデンで待ってる」

優梨の肩を抱き、頬に軽く口づけしてから、渋澤は出て行こうとする。

突っ込みどころが多すぎて、なにから訊《き》けば良いのかわからない。

それでも、慌てて呼び止めた。

「待っ……。待って。渋澤さん。こんなの、いつから……用意」

「……ふふ」

渋澤は、ないしょ、というように自分の唇に人差し指を当てて、答えないままクローゼットを後にする。

ひとり残された優梨は、たくさんの疑問符の中に取り残され、途方にくれた。

（いつから……。本当に、私のためだけに、こんな用意を……？　そんなこと言って、他の女の子のためじゃ……？　連れ込んだ女の子、誰とでも使えるように、全サイズ、ストックしてあるとか）

そう思い、服のサイズを一通り確認してみる。

やがて、信じられない気持ちで、独り言が漏れた。

「……同じ、だ」

標準体型なので、洋服はともかくとして、水着や下着のカップのサイズが一致しているのは、偶然とは思いづらい。

セレクトされた服のデザインや化粧品の色合いも、どこか、優梨が普段身に着けているものと似ている感じがした。

……気のせいだと思いたいが。

仮に、これらがすべて優梨のためのものだとしてみる。

これだけの量のものを運び込もうと思えば、それなりに時間がかかるし、物音もする筈だ。昨日、優梨が絶頂で気を失っている間に用意されたものとは考えづらかった。

（前から計画を立てて……いた？　金曜日、オフィスに来たのも、その日の気の迷いや、雰囲気に流されてなんかじゃなく……）

自分のためのものが、以前から計画的に用意されていた。

その事実に、優梨はなんとも言えずのぼせてしまい、紅潮した頬を両手で挟んだ。

ぞく、ぞく、と腰に痺《しび》れが走る。

優梨がここに来ることを拒めば、これらの品は、無駄になってしまっていた。

好かれる自信が、そんなにあるのか。

一度や二度拒んだところで、諦める気などないのか。

欲しいものは摑《つか》み取る、と、チャペルでの撮影の際、彼は言っていた。

（摑み……取られ……る）

逃げられない。奪われる。そんな予感が、頭の中をいっぱいに埋める。

自分が手折られる花の一本になったような。被虐心に似た気持ちは、意外にも冷たい恐怖にはならなかった。

ぞくん、と、官能的に体の芯が疼き、きれいに洗った筈の内腿《うちもも》を汚す。


「ああ。よく似合ってる」

渋澤は私服に着替え、サンデッキに置かれたテーブルに朝食を並べていた。その向こうにはプールがあるが、さすがにまだ水は張られていない。

選んだシフォンのサマードレスを纏い、軽く化粧し、バレッタで髪を留めた優梨がガーデンに出て行くと、渋澤は目を細めて、なんのてらいもなく褒めた。

「そんな……。こんな良い服……似合いません……」

「かわいいよ。着ているものが似合っていないなんてことは、あなたに限っては元々なかったけどね」

そちらこそ、なんて軟派な言葉が似合うんですか、と憎まれ口で返してしまいたくなるくらい、恥ずかしい。

足を踏み入れたこともないような高級ブランドのタグがついたワンピースは、着ていることを忘れるくらいに軽くて、心許なかった。

「……サイズ……ぴったりです」

「目測」

優梨の椅子を引いてくれる渋澤に、言いたいことをたくさん含んだ言葉を発するも、冗談を言うような目配せで返されてしまい、なにも言えなくなる。

なにもかもが彼のペースに巻き込まれたままだった。

「クリーニング済みの洋服が届くのを待つ間、朝食くらい食べていって。昨日はほとんど食事もさせてあげられなかったから。……飲みものはどうする？」

テーブルに置き切れないらしく、ドリンクのデキャンタやポットの類は、昨日いつの間にか部屋にあったのと同じ銀色のワゴンの上に置かれていた。

オレンジ色の液体に勝手に吸い寄せられる視線を引き剝がして、

「……コーヒーを。ブラックのままで、いいです」

「はい。どうぞ」

目の前でカップに注がれたコーヒーからは、挽《ひ》きたての豆と思しき芳香が立ちのぼる。

それが、バターや焼き立てパンの香りと混ざり合うと、急に空腹が思い出された。

「……この料理は？　ホテルの料理人さんが作ってくださったんですか？」

「他のヴィラや客室で試泊が始まったら、そうなると思うんだけどね。今のところはうちの家政担当がひとりついて来ていて、家族の分を全部やってくれてる」

「し——試泊？」

「慣らし運転。いきなりオープン日にお客様を入れて、もしオペレーションや施設に問題があれば、大変なことになるからね。事前にスタッフや関係者に無料で泊まってもらって、客として忌憚《きたん》のない目でチェックしてもらうんだ。サーヴィススタッフの練習にもなる」

「へえ……」

つくづく自分はホテル業界のことをなにも知らずに入社してしまったものだと実感する。勉強しなければ。

「レストランで試食会をやっているのと同じ。優梨さんたちのところにもそのうち協力のお願いが回ると思うよ。……と、まあ、脱線したけど、冷めないうちに食べて」

「はい。……いただきます」

手を合わせてから、普段は砂糖とクリームを入れて飲むコーヒーを、ブラックのまま口に含む。高揚しがちな気分を鎮めるためではあったが、酸味と苦味のバランスが良く、すっきりとした後味を堪能できた。

バターとパセリの香りが柔らかく鼻腔《びこう》をくすぐるスクランブルドエッグは、口に入れるとふんわりとクリーミィな卵とミルクの甘みが広がる。

添えられたジューシィな厚切りベーコンと交互に、いくらでも食べられそうだ。

さくさくのクロワッサンと、小麦色の生地を割った瞬間、しっとりと湯気があがるようなバターロールも、堪らなく美味しく感じられた。

「とっても……美味しいです」

「それは良かった」

思わず頬を綻ばせて、顔をあげた優梨に、渋澤も笑い返す。

一日一緒に過ごして、向かい合って食事までしてしまうと、なんだか彼と、空気ごと馴《な》染《じ》んだように思えてしまうのがふしぎだった。

「優梨さん、普段の朝食は、和食なの？　洋食？」

「……あ……それは、いろいろ……で」

こんなにきちんとした朝食を摂っているひとだ。

こちらは菓子パンで済ませてしまったり、野菜ジュースだけの日もある、なんて言った日には、信じられない、もっとちゃんとした生活をしたら？　と言われてしまいそうな気がする。

（だって、自分ひとりの食事に、毎日そんなに手間をかけられないし、かけたいとも思わないし……）

目の前のサラダひとつ取ったって、入っているのは、合鴨《あいがも》のスモークに、ルッコラ、グリーンレタス、マッシュルーム、ブルーベリー。はたして普通のスーパーで売られているのか、もし買ったとしても、余った時、ほかにどういう用途で使えばいいのかわからない食材たちだ。

なかなか一般家庭には縁がない、食べづらそうなサラダを、渋澤はフォーク一本で上品に口に運んでいる。

（……渋澤さんは……食べ方も……慣れてて、きれいで）

一口分にまとめてフォークに突き刺した食材が、薄い唇の中に消えてゆく。

ちらり、と見えてしまう、舌。

（――っ……あぁ、私、やっぱり、今日はおかしい……！）

ぱっと頬に散ってしまった熱を悟《さと》られないようにするため、俯《うつむ》き、食事に集中する振りをする。

握ったナイフとフォークの柄の感覚がなくなって、気を抜くと落としてしまいそうだ。

鳥の声が響くサンデッキ。周囲はとても静かで、皿とシルバーの触れ合う冷たい音と、かすかな咀嚼《そしゃく》の音が聞こえてしまう。

否、自分の耳がわざわざ意図してそれらを拾い上げているのだった。

そのことに気付いた時、淫靡《いんび》な熱が、渋澤の口に愛でられたすべての箇所を炙《あぶ》る。

（……厭《いや》っ……もう厭、私、どうなってしまったの……）

考えまいとするほど、考えてしまう。罪悪感を感じるほど、体が熱く火照る。

優梨はナイフとフォークを置いた。

できるだけ自然に、音を立てないように心がけたが、皿のふちにぶつかったシルバーは、かちゃり、と鳴り、渋澤の注意を引いてしまう。

「優梨さん？」

「……もう……お腹がいっぱいで」

「それだけで？　……だから細いんだ。果物だけでも、もう少し食べたら」

不審がる渋澤の顔が見れないまま、優梨は首を振った。

自分の体が自分のものでないように思える。

コーヒーカップを手に取り、苦い液体を飲み干した。自分の体の底に溜まった甘すぎるものを、これで中和できたらいいのに。どうか、冷静さを取り戻させて欲しい。

「顔、赤いよ。目も潤んでいるし。熱があるんじゃ？」

「……いえ……」

「風邪でもひかれたら、責任を感じる」

渋澤は立ち上がり、優梨の椅子のそばまでやって来て、額に手を当てた。

「大丈夫……です」

「うん……熱はなさそうだけど」

さらりと乾いた掌の感触が心地良い。

離れて欲しくない、と思っていると、掌はゆっくりと優梨の頬にスライドされた。ほぅ、と勝手に熱い息がこぼれる。

痺れる瞼《まぶた》をうっとりと閉じて、渋澤の手の感触を感じていると、ちゅ、と触れるだけのキスをされた。

ふ、と、渋澤が笑う気配がする。

「かわいいひと。昨日、くたくたになるまでされたから、疲れが抜けないんだろう。食事、手伝ってあげる」

「え……あっ」

一度手を引かれて椅子から離され、持ち上げられる。

気付けば渋澤が自分を膝に乗せ、優梨の座っていた椅子に座っていた。

馴染んだ高めの体温に抱き込まれ、体が勝手に弛緩《しかん》する。

「ほら。少しは栄養摂りなさい。こういうものなら食べやすいから」

渋澤の指が、テーブルの木のボウルから、一口サイズにカットされたパイナップルを摘まみあげ、目の前に持って来る。

いらない、と言おうと思ったのに、果汁で濡《ぬ》れた指に挟まれた金色の果実は、それはそれは甘美な味がしそうで、こくん、と唾を嚥下《えんげ》してしまう。

「ほら」

触れるほど近づけられると、勝手に唇が開いた。舌に触れる、冷たい感触と酸っぱさ。そして渋澤の指の味。ぞくん、と、体が震える。

渋澤は気を良くしたのか、次々に果物を摘まんでは、優梨の口に運んだ。

グァバ。キウイ。ドラゴンフルーツ。島バナナ。オレンジ。太陽の下で鮮やかに熟れ切った果実は、たっぷりと果汁を湛《たた》えていて、舌の上で溶ける。

のぼせと動悸《どうき》の激しさから、介助される恥ずかしさをそのうち捨ててしまった優梨は、目を閉じ、無防備に与えられるものを食べていた。が、

「はい。次」

(……この、味……は……)

四角く切られた果肉を与えられ、濃厚な味を認識した途端、優梨の体は、昨日の甘すぎ

る悶《もだ》えを思い出したのだろう。体温を上げ、どっと唾液を増やした。

「んん……っ」

体の変化についていけず、苦しげに喘《あえ》ぐ優梨の耳元に、渋澤はからかいの声を注いで、ついでのように耳たぶを舐《な》め始める。

「震えるほど美味しいの？　そのマンゴー。……それとも、別のことを考えてる？」

「ん……ウ……」

「そんなに吸わないで。優梨さん。僕の指は食べ物じゃない」

「……ァ……耳……ぞくぞくする、やめ……」

なんとか果実を飲みこんだ優梨は、新たな刺激にのけぞった。くちくちと音を立てて耳孔に入り込む肉厚の舌。聴覚まで犯され、知らない快楽まで暴かれるような感覚に、涙すら浮かぶ。

「やめ……てください……渋澤さ、っぁ」

抗議の声を封じるように、渋澤はもうひとつ、優梨の口にマンゴーを含ませた。

息苦しさから、早く呑《の》み込んでしまおうとすると、積極的に渋澤の指に舌を絡ませる恰《かっ》好《こう》になる。自分がひどく淫乱な体になった気がした。

「ふ……ふぁ……っ。あぁ……ん……」

ようやく息が落ち着き、声が出るようになった時。

優梨は、渋澤の腕にくたりと体重を預けて、唇をくすぐり、舌を挟んでフルフルと揺らす、いたずらな二本の指を舐めていた。

指の与える微弱な刺激ですら、物欲しげに腰が動いてしまう。

尻の下敷きにした渋澤の下半身にも、昂《たか》ぶりの兆候が感じられた。

彼をその気にさせることが、今の出口のない苦しさを楽にする唯一の方法。そう一日で学習した体が、勝手に、しどけない誘惑を込めて、ていねいに舌を使わせる。

「優梨さん……。僕の指には、味でもついている?」

「……ん……。ふ……っ」

「甘くはない筈なんだけどな」

蕩《とろ》け切った咥内《こうない》から引き抜いた指を、渋澤は自分で味見するように舐めた。

その手で、風になぶられている軽やかなスカートをめくり、中に潜らせる。

「あ、……だめ……」

「こっちでも、食べてみる?」

「……ゃあ——っ……」

渋澤の指が下着を避け、ぐちゅりと音を立てて、蠢《うごめ》く肉壁を押し開いていく。

「……いきなり二本も呑み込んじゃって……」

「あぁっ……うう……」

「中、ぐちゃぐちゃだよ。どうしたんだ……」

わざわざ言われなくてもわかっていた。渋澤が長い指を動かすたび、くちゅん、くちゅ、と、卑猥《ひわい》な音が響く。

「うう、わ、わからな……。体が、へんで……。朝食、に、お酒、とか……」

「さすがにそこまで鬼畜じゃない」

渋澤でさえ、優梨の変化には少々困惑している様子だった。ちょっとしたいたずらのつもりだったのだろう。

優梨は、浅ましい熱にひとり囚われたままの自分がみっともなくて、ぽろぽろと涙をこぼした。そうしながら、中で曲げられた指の先が、二本ばらばらに動くと、くっと喰《く》い締めてしまう。

「あっ、あぁん……」

「変な条件付けをしてしまったかな……。ごめんね、辛《つら》そうだ。早めに楽にしてあげる」

渋澤は空いた手で優梨の頭を撫《な》でながら、一度指を引き抜く。優梨に協力させてショーツを少し引き下ろし、指を動かしやすくしてから、再度挿入した。

「……は、ぁあっ！」

内壁を擦り上げる動きが速まる。ずぐずぐと奥まで突かれると、頭が真っ白になる。

人差し指と中指で、愛液を泡立てるように激しい抽送を繰り返されながら、親指で秘核を転がされると、悦楽がどんどん増幅していった。

「あ、ぁ、ああ……。渋澤さ、ぁあ、もう、イッ……」

「達して良いよ」

がくがくと震えながら、渋澤の指を締め付けて、押し寄せる大波に身を委ねようとした時だった。

コンコン、と、ノックの音が響く。

渋澤を見上げると、彼は困ったような顔をして優梨を見返した。

やがて肩を竦《すく》めて、諦めたように言う。

「さっき話した、家政の者だ。優梨さんの洋服を持って来たんだろう。受け取らないとしょうがないな。……許す。柳井《やない》。入れ」

渋澤がよく響く声で、玄関に向かって呼びかけると、紳士然とした黒服の男性がリビングに入って来て、折り目正しく頭を下げた。柳井と呼ばれたその男性は、サンデッキに繋《つな》がる扉からは距離を取って、渋澤に伺いを立てる。

「隆《ゆたか》様。おはようございます。クリーニングをお持ちしました。部屋の掃除は後でよろしいでしょうか」

「……いや。僕たちが庭にいる間に、ベッド周りだけ、きれいにしてくれ」

「かしこまりました」

柳井は頭を下げると、クリーニングの終わった優梨の服をソファに置き、床に散乱したリネン類を拾い集め始める。

その様子を、渋澤の陰から見た優梨は、消え入りそうな声を出した。

「あ、ぁ、……私……」

ここにいていいのだろうか。

見られてまずいことにはならないか。

不安でいっぱいの優梨に、渋澤が小声で囁《ささや》いた。

「じっとしていればいい。……途中なのに、ごめんね。ベッドメイクはすぐ終わるから」

柳井がこちらを見たとしても、単に、初めて見る女が、主人の膝の上に抱かれているようにしか見えないだろう。

それにプロ意識が高いのだろう、じろじろ見てくる気配は感じなかった。

それでも、顔を見られたくない一心で、体の角度を変え、渋澤の懐に顔を埋める。

途中、媚壁《びへき》に埋まったままの指がぐるん、と中で一回転し、達する直前だった体が、大きくしなった。

優梨は唇を噛《か》んで、声があがるのを回避するのが精一杯だ。

「ん……ふうう……っ」

「どうした？　こっち向きたいの、優梨さん？　……あのね、こういう時は指を抜いてって、一言言えば良いんだよ……」

「お願い。黙って……」

リビングに繋がる扉は、開け放たれている。会話ひとつも、他人には聞かれたくない。

渋澤の胸に自分の顔を押し付けながら、優梨は荒い息を整えた。

柳井の目に、自分はどんなふうに映っただろう。

彼が、主人の連れ込んだ女を見たのは何回目だろう？　情事の痕が残るシーツを無表情で取り換えながら、またバカな女が遊ばれて、と、思っているのだろうか。

思われても仕方がない。まだ火照りの抜けない惨めな体を持つ自分なんて、消えてしまったらいい。

渋澤は、スカートの陰で、ゆっくりと指を引き抜いた。優梨は入り口の襞を引っ搔《か》くような指の動きにも、体を動かさずに、呼吸を止めて耐え切る。

ところが、ひそやかに乱れた呼吸が整い切ったところで、くん、と、秘玉の下部が押された。

優梨は、制止を求めて強く渋澤の肩にしがみついたが、くん、くん、と指先で押される刺激は止まらず、緩慢に腰を蕩かしていく。

「……やめて……」

「だって、生殺しだろう。かわいそうに」

ほとんど吐息だけの囁きで会話する。

こちらの方がよっぽど生殺しだ。そう言いたいが、これ以上口を開けば淫らな声がこぼれてしまう。

さすがに、渋澤も、絶対にここで声を出したくない、という切実な気持ちだけは、汲《く》み取ってくれているのだろう。一番の弱点である陰核を、摘まんだり、激しく擦り上げることはなく、指先でゆっくりと、角度を変えて押し潰すだけだ。

空いた手で、渋澤は優梨のバレッタを外し、テーブルに置いた。横顔が髪で隠れることに安堵《あんど》しながらも、気は抜けない。

かすかな震えだけで刺激を耐え抜いた優梨は、離れていく指先に、ようやくほっと力を緩ませることができる。

しかし、それも一瞬だった。

「――――!!」

秘玉に冷ややかな、金属的な感触が押し付けられる。

近辺を探るように、その丸い先端は溝を抉《えぐ》り、やがてヌプヌプと柔肉の奥へと呑み込まれていった。

優梨は恐怖に表情を強張らせ、渋澤を見る。渋澤は同情的な顔で、優梨の頭を撫でていた。違う……と弱々しく首を振る。多分、あなたの考えていることは、違う!

「――っっ……」

指とも肉茎とも異なる棒状のものが、内奥に向かって隘路《あいろ》を進んでいく。

ひどく大きくも、太くもないが、締め付けにかたちを変えるでもなく、冷たさを思い知らせるだけの無機質な感触は、ひどく恐ろしかった。

渋澤はゆっくりとそれを押し入れ、引き抜くことを繰り返す。

なにかはわからないが、奥まで入れたところで彼が手を離したら、棒は優梨の中に呑み込まれて、取り出せなくなるかもしれない。

お願い、それだけはしないで、と、願いながら、ひどい仕打ちを加える男の体に全力で縋《すが》り、震える。

「終わりましたので、これで失礼します」

永遠と思うような長い時間が経った後、そう言い残して、柳井が退室していった。

渋澤はドアの閉まる音を聞いてから、優梨の中から棒を引き抜き、かしゃんと地面に捨てた。丸い柄の部分が粘度のある体液に汚された、それはテーブルにあった筈のバターナイフだ。

「……ひ……ど……」

あまりのことに声を失う優梨を無理やり抱き上げて、渋澤は速足でリビングに取って返した。

整えられたばかりのベッドに優梨を降ろし、ズボンを脱いで、乱暴に組み敷く。

「……どれだけ煽《あお》る気だ……あなたは」

「わた……し、私……」

怒るのは自分だと思っていた優梨は、渋澤の形相に、なにも言えなくなる。

「甘い声で惑わして……いじらしい顔で悶えて。予定があるらしいから、抑えてたのに」

「あ、はぁぁあ……っ……！」

渋澤は我慢できないといった様子で優梨の足に絡まったショーツを抜き、一気に自身を突き入れた。

「……先約なんて忘れさせてしまえばいいね？」

そのまま、激しく出し挿れを始める。ぐちっ、ぐちっ、と音を立て、中に溜まっていたらしい愛蜜が溢れ始めた。

「あっ……あああっ……はぁあんっ、……深ぁ……い……」

腰を使った情熱的な動きに翻弄され、優梨はシーツを掻いた。

それでなくても、熾火《おきび》のような愉悦を薄く長く引き延ばされ、玩ばれた後だ。

あっという間に高みに攫《さら》われる。

「あっ……あああ、渋澤さん、こんなの、こんなの……」

耐えられない、と言いたいが、叶《かな》わなかった。

渋澤は優梨の両足の足首を掴み、限界まで大きく広げた。

繋がっているところが丸見えだ。

「やっ……見ないで……ぇ」

優梨は新しい涙を流してかぶりを振ったが、そのままパンパンと強く腰を打ち込まれると、切っ先の擦れ方が変わって、秘玉の後ろ辺りを集中的に責められるかたちになる。一ストロークごとに鮮烈すぎる快楽を与えられ、優梨は打ち上げられた魚のように跳ねた。

「あぁぁあ！　いやぁぁっ、いくの、いくのっ……！」

がくがくと腰を揺らしながら絶頂に押し上げられたが、呼吸が止まる間にも、渋澤の動きが止まる気配はなかった。

「あぁぁ！　やめてぇ……今、いって……あぁぁ」

びくびくと渋澤のものを締め付けて貪欲に快楽を啜《すす》ろうとする蜜洞を、ずぶずぶと犯され続けるのは、腰が勝手に逃げるくらい、辛く、きもちいい。

渋澤は優梨を貪ることに集中していて、懇願が耳に入らない様子だった。

律動は、優梨が泣き叫ぶほどに獰猛《どうもう》さを増し、ぎちぎちと中をかき回し、抉り上げる。

「あっ……あああっ……はぁあんっ、……苦し……」

今度は足を折り畳まれて奥まで捻じ込まれ、何度も、何度も突かれた。

最奥を暴くような荒々しさに、びりびりと頭の芯が痺れる。

快感に翻弄されすぎて呼吸が追いつかず、喚きながら顔を覆った。

たすけて。たすけて。きもちよくってしんじゃう。

こどものようにつたない言葉でしか、もう、ものを考えられない。

「あぁぁっ、渋澤さぁ……ひあぁ！」

ひときわ強い絶頂感に追いやられ、優梨は背中を弓なりにした後、大きく息をついてシーツに体を沈めた。

まだひくひくと震える中、肉杭《にくくい》が引き抜かれ、太腿の裏に熱い飛沫《ひまつ》がかけられる。

全力疾走の後のような荒い息を少しずつおさめながら、渋澤は余裕のない声を出した。

「……っ……僕を……どうしたい？　その甘い声が耳に流し込まれるうちは、どれくらいでもできそうで……。あなたをもっと啼《な》かせたくて……。優梨さん……」

渋澤は優梨にのしかかり、唇を塞いだ。

呼吸を混ぜるような激しい口淫に、優梨は意識を無理やり引き戻される。

自分を痛いほど抱きすくめる力強い腕。高い体温。打ち鳴らされる心臓の音。

本当は達する時もこうして深く抱いて欲しかったのだ、と気付いた優梨は、渋澤の肩に腕を回し、体が離れないように力を込める。

すると密着した相手の下半身が、火傷しそうな熱を持って角度を持つのがわかった。

「……こんなの、初めてだよ」

唇を解放した渋澤が、顔をそむけ、優梨の耳元で囁く。

熱っぽく掠《かす》れた声に、優梨はときりと胸を鳴らすと、密かに同調した。

（……私も。こんなふうになるのは初めてで、どうしたら良いかわかりません……）

7　淀雨、惑溺。

ある日の話。

優梨は、郵便局におつかいに行った。

沖縄は梅雨入りが早い。

激しいスコールが地面を白く染め、ハイビスカスと土が雨粒に叩《たた》かれ、むんと香る道を、傘を差し、バッグを胸に抱えて往復した。

ホテル本館に戻り、警備員のいる従業員出入り口を通り過ぎてから、ハンカチで濡《ぬ》れた腕を拭う。こうなるのがわかっていたので、上着は出かける前に脱いでいた。

閉まりかけたエレベーターに声をかけ、小走りで乗り込むと、先客が『開』ボタンを押して待っている。

礼を言うと、先客は、オフィスに戻るのですか、と言い、優梨の返事を待たずに『4』

のボタンを押した。

エレベーターの中は、設備上まだエアコンがきかないので、特に蒸した。

畳んだ傘の先端から、ぽたぽたと水が垂れる音がする。

ぐん、と上階にあがるエレベーターの圧。同乗者と、世間話をするには足りず、沈黙するには不自然な数秒。どちらも優梨の苦手なものだ。

密室に立ち込めた雨の匂いを鼻から吸い込んでしまう。その行為に、不道徳なものを感じて、息をひそめた。

四階につき、お疲れ様です、と挨拶し合って、優梨は先に降りてオフィスに戻った。

一度も渋澤の姿を正視できなかったことを恥じながら。


また、別のある日の話。


優梨は、上司である経理部長に頼まれ、会議の準備を手伝った。

ミーティングルームのO字型のテーブルに、人数分の資料、鉛筆、レポート用紙を配る。

そこへ総支配人《GM》とともに、渋澤が入って来た。

自分が配る紙の、空気を切る音ばかりが大きく聞こえるようになり、ひとの話し声は風呂の中のように反響して、意味が取れない音になる。

これも配って、と言って、経理部長がミネラルウォーターのペットボトルの入ったダンボール箱を持って来た。

箱を開けようとする。開かない。まっすぐ開封したかった開け口が破れ、手元に千切れた紙が残された。

しかし頼まれたことは完遂しなければならない。

優梨はダンボール箱を力づくで開ける。開け口はぼろぼろだ。

背中の一点に、渋澤の視線が刺さっている気がして、落ち着かなかった。振り返って目でも合ってしまえば、きっと動揺が顔に出て、他のマネジャーたちに怪しまれる。

そんなことを考えていたせいだろう。

何本目かに取り出したペットボトルを落としてしまう。

ころりと、それは絨毯《じゅうたん》の敷かれた床に転がった。

慌てて拾い上げ、周りに聞こえないように、すみません、と口を動かし、部屋の外に出る。喉が渇き、どくん、どくんと胸が鳴った。まるで犯罪者になったようだ。

誰にも知られたくないんです。

——あの日の別れ際、次の約束の話になり、そう伝えたのは優梨の方だった。

逃がさないよ、会いたい時、迎えに行くから覚悟して。

そう囁《ささや》く渋澤に、優梨は逡巡《しゅんじゅん》しながら、理性との妥協点を探した。

人目につかないように。日常に支障を出さないように。万一の時の傷を最小限にする努力をしながら。協力していただけるのであれば、私は週末、またこのヴィラを訪れます。

渋澤はわずかに首を傾げながらも、あなたがそれを望むのなら、と、そういう言い方をした。

その時。

尊重してもらったにもかかわらず、狡《ずる》い、という汚い色の感情が、優梨の心の中で澱《おり》のように舞った。

ひとに知られようが、秘密にされようが、ひとの口に貶《おとし》められようが、どうなったとしても、渋澤自身はなにも傷つかない、と言われたようで。

心も、立場も、強い——そう強くて当たり前だ、彼は王子様なのだ。

誰も、望んで渋澤を敵に回そうとはしないだろう。

しかし優梨は、お姫様にはほど遠い。

怖い、と思う。他人の詮索が、嫉妬が、害意が。自分の劣等感でプライドをずたずたに引き裂かれることが。

はしたない春情に夢中になって、甘い夢に酔う代償は、いかほどのものだろう。

そう思いながらも、次の週末を愉しみに待っているね、という渋澤の言葉に胸が疼《うず》き、目の前が淡いピンクのフィルターをかけられたようになった。

渋澤が、立てた小指を差し出す。

約束。

きもちよさに依存した、きっと不純な交際の。渋澤が飽きるまでの。

危ういそれに、自分の小指を絡めた。指切りと一緒に、心も縛られた気がした。


誰にも関係を悟られてはならない。

自ら嵌《は》めた枷《かせ》につまずく日々だった。

オープンしてからはそうでもないのかもしれないが、今は研修やミーティングで、違う部署の社員が同じ空間に集められる機会が、思いのほか多い。

不自然な言動をしてしまわないよう、普段以上に自分を律する必要があった。

しかし――幸い、と言っていいのか、そういう場で、渋澤はいつも「向こう側」のひとだった。

一般社員を前にしてマイクの前に立つＧＭや副支配人《RM》の側にいて、対外的な用がなければ近づけない。

日によって違うスーツを着、革の手帳を持って端に控えた渋澤は、一歩引いたところから社員たちを見ており、時々声をひそめて、マネジャークラスの人間に話しかける。そういう場所では、ほとんど笑顔も見せなかった。

声も聞こえないし、視線が交わることもない。

あれは自分とは関係のないひとだ、週末をともに過ごしたひととは別人だ、と無理やり思い込むことができれば、不要に心乱されることもなさそうだった。

できれば、の話だったが。

他の管理職のいないところでは、渋澤は誰にでも分け隔てなく優しく、話しかけやすい存在のようだった。

他部署のオフィスや廊下で立ち話をしている時、輪は大抵盛り上がっており、話し相手は男女問わずリラックスした、愉しそうな表情をしていた。

『ヴィネタ』のブランド研修の担当や、制服のデザイン決めの仕事をやっている絡みもあってか、見覚えのないニューフェイスの社員とよく一緒にいるところを見る。

迷子になっているらしき新人の女性を、親切に案内してやっているところも見かけた。

今の時期に入ってくるのは、ホテルの顔となるサーヴィス部門に配属となる、若いスタッフがほとんどだ。ハキハキとした喋《しゃべ》り方の、とても第一印象が良い、造作の整ったひとたちが大多数で、女性も多かった。

そういうひとと渋澤が一緒にいるところを見てしまうと、どうしようもないことだと知りながら、不安で胸がいっぱいになる。

あっさりと、やっぱりあの子がいい、と、乗り換えられてしまうのではないか。

それも仕方ない——自分の方が魅力的だ、と安心材料にできる長所など、優梨にはなにもないのだから。

性格も明るくないし、気配りも足りないし、なにか目立った特技があるわけでもない。

家柄も、学歴も、キャリアも平凡な、脇役が似合いの「その他大勢」だ。

たまたま、体の相性もあり、今は渋澤との行為に耽《ふけ》ってしまっているが、いつ終わりが来ても仕方ない、そういう覚悟だけはしておかなければと思う。

執着を拗《こじ》らせて、フラれた後もしつこく纏《まと》わりつくような、見苦しい女にだけはなりたくなかった。仕事だって、失いたくはない。

家に帰っても抜けない火照りを冷やしたくて、水道を捻《ひね》り、手を洗う。

冷たい水にずっと触れていたいから、ついでに洗い物をする。

ふと、きれいになった鍋で、味噌汁《みそしる》だけでも作ってみようかな、という気になる。

できあがった味噌汁は、粉末のダシを使い、具は乾燥ワカメだけの、料理と言えないような簡単なものだったが、市販の弁当の濃い味付けに慣れていた舌には、無性に美味しく感じられた。

味をしめて、毎日とは言わないものの、二日に一回は、手製の味噌汁が夕食の膳に乗るようになった。

ある日、味噌汁の湯が沸騰するのを待つ間、手持無沙汰なので、きんぴらごぼうの簡単な作り方をレシピ検索して、作ってみた。

野菜が不足している自覚はあったので、ちょっといい感じだ、と自分を褒《ほ》めてみる。

汁と副菜が揃《そろ》えば、炊きたてのごはんが食べたくなってくるもの。

食後の洗い物の時に、炊飯ジャーも洗い、予約機能を使って翌日の夕飯用の米をセットする習慣が身についた。

体がだるい時は、無理はしないようにした。帰路に寄るスーパーで、インスタント食品を買って済ませてしまう。余裕がある日は、調理の難しくなさそうな食材を、欲望に忠実に、カゴに入れた。

気が向けば、という条件つきで、のろのろとやっていたら、いつの間にか、ルーティンで日々の料理ができるようになっていた。

ＴＶに出てくる、料理評論家やタレントが作る料理のように、見栄えがよくお洒落《しゃれ》なわけではないし、品数も足りない。栄養のバランスが正しいかどうかもわからない。

しかし、以前のように、そのいい加減さを恥じる気持ちにはならなかった。

頭の中は別のことでいっぱいで、それどころではない。


今、やめてしまえれば楽だ。傷が浅く済む。

週末が近づくたび、そんなふうに理性が囁くけれど、終業時間が来る頃には内心そわそわしてしまい、どうしようもなかった。

渋澤の仕事が終わるのは、定時よりもずっと遅い時間だ。

だから残業があれば引き受けられるし、そうでなければ一度アパートに戻り、シャワーを浴びて身支度を整える時間があった。

手持無沙汰な時間で、引っ越しの際のダンボール箱をひと箱ずつ減らしていく。

ヴィラまでは、いつも徒歩で行った。

一歩一歩、踏み出すごとに膨れ上がっていく不安。今週こそ自分の代わりに別の女性が呼ばれているのではないか……。

門をくぐり、ポーチを抜けて、ノッカーを叩くと、少しして私服姿の渋澤がゆっくりとドアを開けた。

「……いらっしゃい。優梨さん」

自分だけを見つめる瞳の熱、頬に添えられた掌のゴツゴツした感触に、一週間分の不安と虚勢が溶け出していく。

そうして、濃密に熟れた甘い夜に、ふたりで浸かり込む。

8　すべて脱ぎ捨てて

「見て見てー！　ブライダルフェアのポスター案ができましたっ。画像編集ソフトでちょちょいのちょいっとね。私天才じゃない？　もうデザイナーに転職しちゃおうかな～？」

ある日の昼食後。

化粧直しから戻って来ると、優梨のデスクに凛が座っていた。

その周りに斉藤と立花が立って、なにかを覗《のぞ》き込んでいる。

自らのオフィスから時折逃げ出し、こっそり息抜きをしているこの元気な女性を、経理部の面々は優しく受け入れ、菓子などを与えたりもしていた。

だから珍しい光景ではないのだが、凛が机の上に広げている数枚の紙を見て、あっと優梨は声をあげた。

「ちょ……ちょっと、市川さん、これ」

恥ずかしいから、やめて。

そう言いたかったが、しっかり、皆の視線に晒《さら》されてしまった後だった。

「すごいわぁ。駅に貼られててもおかしくないくらい、きれいよ、これ」

「高田ちゃん、これ貼り出されたら、男性社員は黙ってないわよ。モテモテよ」

「いえ、あの……ありがとうございます……、すてきなのはドレスばかりで……。あ、あまり見ないでやってください」

先日撮影を行った、ブライダルの写真だった。

チャペルの中や、青い海をバックに、花嫁姿の優梨が立っているもので、構図違いで三枚ある。花婿は、顔出しNGと言っていただけあって、三枚とも、輪郭のぼけた後ろ姿や手しか映り込んでいなかった。

「いやいや、じっくり見てやって。そして高田さんを見出した私の目を褒めて！　市川、褒め言葉に飢えているの！」

「もう……市川さんたら。写真を加工しすぎです……」

「うーん、そうかな？　そうでもないけど」

いざかたちになったものを目にすると、写真の中で微笑んでいる花嫁が自分だとは、とても信じられない。

メイクや写真技術でここまで変わるのかと思うくらい、きれいに撮れている。

「素晴らしいと思うわ。市川さん、ひとりでここまで手配して、よく頑張ったわね。高田さんも、本当にお疲れ様。『ヴィネタ』には、アイドルみたいなかわいさよりも、これくらい落ち着いた、きれいな写真の方がいいわ。自信を持って、胸を張って」

「ううっ……。あたたかいねぎらい、ありがとうございまーす！」

「……ありがとうございます……」

立花の言葉に、凛は鼻を啜《すす》る仕草をして、感謝の気持ちを素直に伝える。

そうしてから、渋面の優梨の方を、ちら、と見た。

「なにかとチェックの厳しい婚礼課でも、モデルに関しては文句なしって」

「……お、恐れ入ります……」

優梨はと言えば、恥ずかしさと緊張で、消え入りそうな声しか出せない。

凛のように感情を出して、開けっ広げに嬉《うれ》しそうに振る舞えれば、年上の同僚の目にも、かわいげのある女性と映るだろうに。

元々目立つのが嫌いな優梨は、そんなふうには振る舞えないのだった。

この写真がもう他部署でも見られているのかと思うと眩暈《めまい》がしそうだし、やがて全社員の注目を浴びるのかと思うと、胃痛で出社拒否したい心境だ。

（渋澤さんが映り込んでいないのが幸いだけど……。でも、カメラマンさんに指示されて、カップルみたいに密着して撮った写真もある筈《はず》。市川さんの手元には、あるのかな……）

それがこの先、どんな扱いをされるのか、確認しておかなければ。

考えていると、立花がタイムリーにその話を切り出した。

「市川さん、こういうのって、撮影の時のデータがあるんでしょう。高田さんに渡してあげたら？　ね、高田さん、せっかくだから、東京のご両親にも見せてあげるべきよ」

「あっ、そうだった！　かなり容量大きいから、CDに焼こうと思って、つい忘れてた」

「嫁に出した気になって、もしかしたら泣いてしまわれるかもしれないけど。せっかくこんなにきれいに撮ってもらったんだから、送ってさしあげなさいな」

自分のドレス写真を欲しがるなんて、相当の自分好きに見えるのではないだろうか。

一緒に映っている渋澤への気持ちを見抜かれて、囃《はや》し立てられてしまわないだろうか。

きっと前の職場なら、これは、「後で陰口」案件だ。

逡巡《しゅんじゅん》する間に、たくさんの躊躇《ためら》いが生まれる。

しかし、結局、渋澤と映った写真が欲しい、というシンプルな欲求に抗えなかった。

「……面倒じゃ……なければ……。そうしてもらえると……」

「オッケー、オッケー、もっちろん！　今日中に焼いて持って来るねぇ」

あっさり凜に請け負われて、優梨は拍子抜けする。

立花も、そうするのが良いわ、というように笑顔で頷《うなず》いていた。

（……内心良く思っていなかったとしても、表面上、とりあえず、その場ではなんでもないように、振る舞う女性も多いけど……）

疑心暗鬼に囚われそうになるが、これまでの付き合いもある。

彼女たちが、心を偽って演技をしているようには見えなかった。

もしかしたら自分は、狭い世界しか知らないまま、世界とはこんなもの、と決めつけていたのではないか。ここで過ごすうちにそんな気になってくる。

自分が思うほど、ひとは意地悪ではないのでは？

意地悪なひとも中にはいるけれど、それは一部分で、本当は……。

そんなことを思いながら、優梨はその場にいるひとりひとりの顔を見回していたが、斉藤が真顔で写真を見つめていたので、ぎくりと体が硬直してしまう。

なにか気に障ったのだろうか。

そう密かに気を揉《も》んでいると、立花がぽん、と斉藤の肩を叩《たた》いた。

「斉藤さん、どうしたの。見入っちゃって。きれいな花嫁さん見て結婚したくなった？」

「いや、それは相手さえいれば、今すぐにでもしたいんだけどさぁ……。市川っち、これ、男性モデル誰なの？」

「おっと。そーれーは、ですねぇ……」

「白のタキシードをこれだけ着こなせるっていうのは、よっぽどスタイルが良くないと。ひとり、思い当たるひとがいなくもないんだけど。もしかして……」

「いえ、そのひとは市川の個人的な助っ人で、匿名希望で」

「ホテルの関係者じゃなくて？」

「なくて、なくて」

「んー？　そっかぁ、私の思い違いか……？」

斉藤の言葉に、凛が何度もうんうんと頷く。

優梨としては、男性モデルが渋澤だと、できればバレて欲しくなかったが、凛まで焦った顔で否定し出したのは、少し意外だった。

（渋澤さんがモデルをしたことは箝口令《かんこうれい》なのかな……。顔出しＮＧとも言ってたし……）

彼が、優梨のように自信がなく、ひとに見られるのが厭《いや》だという性質《たち》には見えない。

けれど、もしかすると、御曹司が自社のウェディングのモデルを務めるというのは、外部には公にしづらい話なのではないだろうか。

口さがない者になんと言われるかわからないし、企業イメージにだって絡んでくる。

同業者をはじめ、足元を掬《すく》いたがる敵も多いだろう。

（体面を気にする……せざるを得ないひと、だとしたら。渋澤さんの立場の重みは、私なんかには理解が追いつかないけど、その苦しさには少し共感する……）

スマートで強いひとだと思っていたけれど、その裏にあるかもしれない脆《もろ》さを想像すると、もっと優しくしてあげた方が良いのかな、という気持ちになる。

どうやったら良いのかは、わからないけれど。

「うーん、渋澤さんっぽいんだけどなあ……」

なかなか納得せず、写真の角度を変えながら眺める斉藤――の後ろから、長身の人影が輪の中を覗き込んだ。

「僕の話ですか？」

「!!」

全員で振り返る。

（……こ、心の準備、できてないのに……）

突然のことに驚いて心臓を跳ね上げる優梨の横で、斉藤が一段高いトーンの声を出した。

「渋澤さん。お疲れ様です！　これ、この写真、写っているの誰かわかります？　うちの部署の高田さんなんですよー」

「へえ。良いじゃないですか。高田さん、ご結婚されるんですか？」

「やだ、違いますよ！　婚礼課のポスターなんかに使う宣材写真ですって」

「そうなんだ。花嫁さんらしい、良い雰囲気で撮れているから、てっきりうちのウェディング第一号なのかと。機会があれば、皆さん、ぜひその時はお願いしますね。お友達のご紹介なんかも。婚礼課、結構、厳しい数字を求められているので……ね、市川さん？」

「あー、はい、もう、それは、総支配人《GM》にきゅうきゅう言わされてます」

　無関係を装った渋澤の発言に、凛が呼吸を合わせてコミカルな言い方をし、笑いを取る。

　当事者が揃《そろ》っている中で、顔色ひとつ変えずにとぼけられるのは、才能だとしか思えなかった。少なくとも、優梨なら確実に、言葉か表情が不自然になってしまう。

「でも、このポスターを貼り出したら、きっと問い合わせも増えるわよ。離島だから海が本当にきれいだし、リゾートの雰囲気にうっとりするもの。こんな結婚式を挙げるのもすてきだと思うけど、列席で呼ばれるのも良いわよね……」

「ハワイとかグアムだと、新郎新婦はもちろん、招待されたひともパスポートを取らなきゃならないのがちょっと大変なのです。国内リゾ婚はもっと注目されていい！」

「ねえ、ウェディングには社割とか、紹介特典とかあるの？」

　話題がいつの間にかモデルの件からお金の話に替わっている。

　お見事、と半ばあきれながら渋澤を見上げると、彼は一瞬だけ優梨に目配せした。

（……もう。必死で表情筋を動かさないようにしてるのに……）

渋澤の瞳に自分の姿が映り込むと、それだけでどきどきと胸が高鳴ってしまう。

本当に、一体、なんの条件反射なのだろう。

呼吸が苦しい。

場の雰囲気に合わせて笑顔を作りながら、こっそり優梨が立て直しに苦戦していると、オフィスの前で立ち止まったオールバックの男性が、低い声を挟んだ。

「……市川！　そこで油を売ってるってことは、昨夜話したオーダーフォームの修正はもう俺のデスクに提出済みなんだな？」

以前給湯室で凛を叱ったという、宴会課の厳しそうなマネジャーだ。

凛はぴゃっと体を竦《すく》ませて立ち上がる。

「はっ！　菅《すが》マネジャー！　すみません、あと十分待ってください！　十分だけ！」

「いや、もう待ちくたびれた」

「今すぐ！　仕上げて出しますからっ！　じゃ、皆様お疲れ様ですー！」

文字通り、脱兎《だっと》のごとく部屋を出て行った凛を、腕を組んだ菅は渋面で見送る。

ドスのきいた声は威圧感があって、関係ない筈の自分の胃まで、きゅっと竦んだ。

直接このひとに叱られたら、それは涙くらい出るだろう、と凛に同情してしまう。

すぐに去って行くかと思いきや、菅は室内に目を留め、ずかずかと入室してきた。

「渋澤さん。今、三分だけ時間よろしいですか」

「構いませんよ。菅マネジャー。なんでしょう」

「宴会場の椅子の件。資料は一昨日、ＧＭに渡したんだが、何分急いでいるもので」

「書類は昨日ご覧になっていました。椅子の積み重ね可能な個数が引っかかるとおっしゃっていましたが。決済を早めに、ということですか？」

「もらえるならそれに越したことはないが、厳しいなら一度説明させてもらいたい」

「わかりました。それでしたら、リストの項目を……」

まだ昼休みの時間だったが、渋澤と菅が話し始めると、なんとなくビジネスモードの雰囲気が漂ってしまう。

各自自分のデスクに解散して、なんとはなしに、パソコンに向かった。

優梨は凛が放置していった写真の出力をデスクにさりげなく仕舞いながら、聞こえてくる会話に耳を傾ける。

数字や専門用語が飛び交っていてよくわからなかったが、押し出しが強く、鋭い目力で威圧しながら自分の意見を主張するタイプの菅に、渋澤は口調だけは柔らかく、けれど的確に理詰めで相手のプランの瑕疵《かし》を指摘しながら話を進めていた。

初めは少し苛々した口調で要求を通そうとしていた菅も、痛いところをつかれたのか、途中で苦笑を浮かべ、肩を竦めた。

「なるほど……。わかった。あなたの言う通りにした方が良さそうだ。GMに納得してもらえるだけの材料を揃えて再提出する」

「そうしていただけるとありがたいです。余計なお手間をかけてすみません」

「いや、ありがとう。では失礼」

慇懃《いんぎん》に礼をして、菅がオフィスを出て行く。

それを見送った渋澤は、思い出したように部長室に入り、持って来た封筒をレターボックスに入れて出て来た。

(仕事して……るんだな……。ちゃんと、って言うと、失礼だけど……)

優梨よりも年上で、ホテルでの経験も多く積んでいるのだから、これくらい普通だと言われてしまうかもしれないが、仕事の全体像と数字の動向を把握していなければ、あの厳しそうな菅を黙らせることはできなかったように思う。

勤務中に女性社員に言い寄るような軽いひと、と思っていた初期の印象とは一転、

(……恰好《かっこう》良い……なんて)

思ってしまうと、敗けたような気になる。

彼のことなんて好きにならない、と断言した時の自分に、顔向けができない。……体の繋《つな》がりに入れあげておいて、今更ではあるけれど。

「なんだかお昼休みを邪魔してしまって、すみません」

「いえいえ、そんな。また気軽にいらしてくださいねぇ」

「ありがとうございます。では、また」

にこやかに渋澤を見送る斉藤と立花に合わせて、優梨も作り笑顔を浮かべた。

三人に等分に笑み返した後、渋澤はオフィスを退出していく。

それからしばらくして、斉藤が口を開いた。

「……はぁ。爽やか。やっぱり王子が来ると空気が美味しくなるわぁ。清浄器みたい」

「斉藤さんの表現はいつも独特よねぇ」

「――ね。でも、立花さん。なんか、怪しくなかった？」

「なにが？」

「王子の言い方……というか。ねえ、高田ちゃん。あの写真の男性モデルって、本当に渋澤氏じゃないの？」

「ええ……初めてお会いしたひとでした」

嘘《うそ》をつくのは気が引けたが、隠さなければならないことなら、軽々しく吹聴できない。

迷いつつも、咄嗟《とっさ》に判断してそう言うと、斉藤は納得半分という顔で頬杖《ほおづえ》をついた。

「そっかぁ。……いや、私が怪しいって思っているのはさ、ふたりの関係。なんか、意味深なんだよなぁ」

「……どういう意味ですか？」

歯にものが挟まったような斉藤の物言いに、優梨は内心ひやひやしながら問い返す。

しかし、告げられたのは意外な言葉だった。

「渋澤さんと市川っち。付き合ってんじゃないのかなぁ……。と、ただの勘なんだけどね。さっきも彼女に助け船を出しに入って来た感じがしたし、実は見たんだよね……夜道をくっついて一緒に歩いているところ」

「あらあら、社内ロマンスの香り。でもほら、たまたま家が同じ方向とか？」

「まあそういうオチかもしれないけど。随分雰囲気が良かったもんで、怪しいなーと。恋人ならモデルの頼みごともしやすいのかな、と裏読みしたけど、他の女の子と新郎新婦役やるなんて、演技でも厭かぁ」

「……そうですね。もしも私が市川さんの立場だったら、恋人にそんなことお願いしないと思います」

「一般論ね。高田さん自身は、嫉妬や束縛をしないタイプでしょ」

「そ……そんなこと」

「あっ、わかる。高田ちゃんは相手が浮気した瞬間、ばしっと切るタイプよ。ずるずる未練を引き摺《ず》るなんてしないの」

「そうでしょうか。そんな、薄情に見えますか……？」

「いやいや、賢いのよ」

とりあえず話をそらすことには成功したようだが、感情的には複雑だ。

（……どうしてわかるんだろう。鋭い……）

立花や斉藤の読みは、確かに当たっていた。過去の彼氏ふたりとも、それが原因で、優梨の方からすっぱりと切ったのだった。

浮気が発覚する前から、なんとなく、恋人に飽きられているのは感じていた。

ひとの感情の機微というのは、なんとなく空気でわかってしまうものだし、優梨は人一倍過敏なところがある。自信がなく、常に不安を感じているので、尚更、兆候に気付きやすかった。

ショックを受けないように、少しずつ悲しみを切り離し、別れ話も穏便に済ませた。

相手の女の子に嫉妬をしたところで、なにが変わるわけでもない。束縛をしたって、余計に恋人の気持ちが離れていくだけだ。だめになったものに執着するより、新しい恋を始めた方が良い。そんなドライな考えを持っていた頃の自分は、確かに賢かったのかもしれない――と、今になって思う。

（私……市川さんには、嫉妬する……）

凛に限らず、渋澤が他の女の子を抱いているところを想像してみると、とても冷静ではいられなさそうだった。

少しも賢くない。むしろ、滑稽なくらいに、愚かだ。

平静を装って話を続け、昼休憩の終わりとともに仕事を開始しながらも、渋澤と凛のことが頭から離れず、自分に舌打ちしたい気持ちになった。


「……ぁ、っん……！　ふ……」

いつものようにヴィラに招き入れられ、奥に通されるのかと思いきや、その日は違った。

抱きすくめられ、閉まったドアに押し付けられ、唇を塞がれる。

翻弄するような深いキス。胸の膨らみを大きな掌が滑り、内腿《うちもも》に膝が割り込む。そのなにもかもに、優梨は無抵抗だった。

渋澤に体を預け、柔らかく相手の舌をあやす。力を抜くと、すぐに息があがってきた。

欲望を向けられている。求められている。それがわかり、少しだけ安心する。

唇が解放され、熱した呼吸を整えていると、ふいに顔を覗き込まれた。誘惑的な愛撫《あいぶ》の割には、冷静さの残っている瞳だ。なにもかも見透かされそうな――。

「……なに、考えてるんですか」

「うん？　優梨さんのこと」

「……んなの……」

「一週間が長くて。待ちすぎて辛かった。……今日、あまり厭がらないいんだね」

「………っ」

「まあいつも、抵抗するのは最初だけだけど。嬉しいな……」

膝をついた渋澤は、優梨を抱き締めながら、腰や足を撫《な》で上げ、服の裾をずらして素肌に触れる。スカートを上までたくし上げた後、喉の奥で笑った。

「誘うようなもの身に着けて……」

下着の両サイドで蝶結《ちょうむす》びされたひもの端を、彼は自身の口で咥《くわ》える。

「……たのは」

「うん？」

「くれたのは、渋澤さん……」

「そうだね。……職場からつけてたの？」

「……いいえ」

「来る時にわざわざつけたの？」

「…………」

クローゼットに用意されていたものを、先週身につけて帰った。それをまたつけて来た。それだけの話だ。

「教えて」

「……来る前にシャワーを浴びて、その後……あっ」

「濡《ぬ》れてる」

ひもをほどくだけで、下着は容易に取り去られる。蠢《うごめ》く二本の指に蜜口を玩ばれて、ぞくぞくとした感覚が腰の後ろに走る。

「……どうして欲しい」

「ん……あぁ……。い、れて……ひぁあっ」

表面は潤っているものの、まだ熱く蕩《とろ》けてはいない秘部を抉《こ》じ開けるように指が入ってくる。いつもは待ち望んだ刺激が得られた酩酊《めいてい》でそれどころではないが、今日は武骨な指のかたちが感触でわかってしまい、快楽とは違う興奮で息が弾んでしまった。

「すごい……締め付けてくる。優梨さん。少し力抜いて」

「あ……ぁあ、はい……」

ドアにもたれながら息を吐くと、ずずっ、と奥まったところまで指の感触が入り込む。

ゆっくり引き抜かれ、また奥まで入った。少しずつほぐされていく。

「痛くはない？　……そう。今日は随分、素直だね。指を増やすよ」

「あ……っ。……し、渋澤さんは」

「なぁに」

「ん……ぅ。あ……。渋澤さんは、いつもより、優し……ッぁ」

渋澤は二本の指を根元まで挿れ終わると、秘裂に隠れた陰核を親指で探り出して、指先で柔らかく転がした。

腰が揺れる快感に、中に入った指を更に締め付けてしまうと、それが面白かったのか、中の襞《ひだ》を擦り上げるようにしながら、何度もころころと転がされる。

「優梨さんが積極的で、ひどく煽《あお》られるから。優しくしていないと、壊しそう……」

「……こ、わして……いいのに……ひぁっ！」

ぐりっ、と中で指が回転し、ある一点を擦った瞬間、強い刺激が体に走る。

ぴんとつま先立ちになって、這《は》い上がる快楽の波に耐えた。

しかし味をしめた渋澤に何度も同じところを擦られ、同時に敏感な花芽を転がされると、ひとたまりもなかった。襲い来る波の感覚がじきに短くなり、大波に攫《さら》われると同時、視界が真っ白に溶けた。

「待っ……そこ、……っや、っあぁぁぁっ」

つま先で立ったままびくびくと痙攣《けいれん》して達してしまった優梨に、

「簡単に溶けてしまう癖に、煽るなんて十年早いよ」

そう言って渋澤は指を抜き、頰に優しくキスする。

「……早い……ですか……?」

優梨は荒い息の中、渋澤を見上げた。

気を抜くと全身から力が抜けそうだけれど、体の芯はまだ沸点にはほど遠い。まだまだ先があることを、優梨の体は知っていた。渋澤に教えられたから。

渋澤は慈愛に満ちた表情で、額にもキスを寄越した。

「煽りたいの?」

「……はい……」

その言葉が正確かどうかはわからないが、もっと求められたい。理性が役に立たなくなるくらい、欲望を覚えて欲しい。渋澤を愚かにしたい――自分と同じように。

（そうしたら……他の女の子のところに、行かないでくれますか……？）

かわいげのない物言いや態度を続けていたら、愛想を尽かされてしまうかもしれない。

その危機感が、優梨に何度も、恥ずかしさから来る抵抗や否定の言葉を呑《の》み込ませた。

「ぁ、ん――……あぁっ」

ズボンの前をくつろげた渋澤が、優梨の片足を持ち上げる。位置を調整して、蜜口に屹《きっ》立《りつ》を押し当てると、そのまま一息に貫いた。

「き、つ……」

「っあ……深、ぃい……」

剛直にめりめりと割り開かれる圧迫感に優梨は息を呑む。

体格差で、体の奥に突き上げられるたび、体が宙に浮いて不安定になった。背後のドアと渋澤の体に縋《すが》りながら、ゆっくりとした抽送で抉られる。

「あぁ……あっ、く……奥、だめぇ……」

「だめ？」

「ん……、ふぁあっ……あ、そこ、痺《しび》れ……」

自身の体重が、渋澤と繋がった一点にかかると、信じられないくらい深い場所まで相手を呑み込んでしまうようだ。

腹の底を雄の先端でごつごつと叩くようにされると、閉じた瞼《まぶた》の中で火花が散る。

自分の体の軸がばらばらにされてしまう感じがした。

経験したことがない、怖くなるほどの快感。

しかし不安定な体勢のせいで、行為に没頭してしまうことができない。

いつものように達して、倒れ込んでしまったら、怪我をさせてしまうかもしれない。その怯《おび》えから手放せない理性を、快楽が暴力的に引っ掻《か》いていく。

「優梨さん。いい、って言ってごらん」

「え、っぁ、くぅ……！　だめ、あぁ……っ」

「だめ、じゃなく、きもちいいって」

蜜の量は増えているらしく、屹立は引っかかりなしに潤みを増した膣内を出入りしていく。掻き混ぜられた愛液の立てる音が卑猥《ひわい》に玄関ポーチに響く。

「ふ、ぁん……！　だ、って、こんな、のぉ……」

きもちいいというレベルを超えている。

張った亀頭に入り口を抉じ開けられ。ずりゅっ、と中を擦り上げられ。媚壁《びへき》が勝手にきゅんきゅんと疼《うず》く。奥に当たると、脳芯がぐらぐらするくらいきもちいい。離すまいと、充血した肉壁が侵入者を喰《く》い締める。その襞の一枚一枚をめくり上げるように、太さのある肉棒が抜かれていく。

鮮やかすぎる快楽が、思考を奪っていった。

「言って」

「……っは、……ぅぅ」

それをきもちいいという言葉で言い表してしまったら、もっと恐ろしいことになりそうだ。自分が制御できず、ばらばらになって、修復不可能なくらいに壊れてしまう。

全身をがくがく震わせながら激しすぎる快感に耐えていると、ふいに屹立が完全に引き抜かれた。

虚脱感で腰が崩れてしまいそうだったが、いつの間にか片手が渋澤の手でドアに縫い止められており、それも叶《かな》わない。

胸を上下させて、荒い息を繰り返す。

上気し、弛緩《しかん》したみっともない顔を近くで見られているのが厭だが、どうしようもなかった。

「……強情なひと。啼《な》き続けて声を嗄《か》らしてからじゃ、言いたくても言えないのに」

「え……。きゃ、」

「今日は、いいって言うまで、寝かさない。壊れるのが厭なら、ゆっくり溶かすまでだ」

渋澤は優梨の体を抱き上げて、リビングに連れて行くと、ソファの上に降ろした。

三人掛けと二人掛けの座面がL字型にくっついたソファの広い方に座らされ、ブラウスのボタンを外される。首筋にキスを受けながら、ブラウスとブラジャーを脱がされ、スカートも取り去られた。

腰をあげて協力すると、わしゃりと髪を撫でられる。

「良い子。きもちよくされたい？」

少し迷ったが、目をつぶったまま、こくりと頷いた。

「ふぅん……」

カラン、と、涼やかな音が耳に入る。なんの音か気になったが、目を開けるのが恥ずかしくてそのままでいる。と、渋澤に促された。

「見て。優梨さん」

「……あっ」

優梨の前に腰かけた渋澤が、指の間に挟んだものを見せてから、ゆっくりと胸に近づけていく。

「当ててあげる」

「ま、待っ……」

テーブルの上のグラスから取ったらしい、小さめの氷のかけら。

それが、ぷっくりと膨らんだ乳首に近づいていく光景を目の当たりにして、信じられない気持ちになる。

だめ、やめて、という言葉を呑み込むと、なにも言えないけれど、触れる前、体が勝手にわなないた。

氷の面が天辺に触れた瞬間、痛みに近い刺激が走る。じっと当てていると、すぐに溶けて、水滴が胸の膨らみをこぼれ落ちた。冷たい。

「ぁ……あ、あ……」

キン、と、頭の芯が響く。

じんじんと疼く胸の先、少しずつ氷の当たる場所が変わった。濡れた先端はいかがわしい朱鷺色《ときいろ》になり、固く勃ちあがる。

今度は逆の胸に当てられた。刺激が変わって、びくん、と体が震える。くるりと乳暈《にゅううん》をなぞった後、根元から先端へのぼる氷。ぽたぽたと、水滴が垂れる。

「……っっ……」

「左の方が弱いんだ」

「……っ……めた……、んぅ」

氷で潰された乳首が、冷たさのせいで痺れている。

刺激の強さに、無意識のうちに、瞼をきつく閉じていた。

ようやく氷が離れていって安心したのも束の間、ぬめぬめとした、熱い舌が、ちゅ、と先端を吸い上げる。

「ひ、ゃ……あっ」

「こんなに固く腫らして……敏感になって……。わかる？　自分で」

「や、んっ、あっ、やめ……」

麻痺したようになっている先端を、リズムをつけて吸い上げられ、ぞくぞくっと腰がわななく。

ざらざらとした舌で、大きく凝ったままの乳首を擦られると、あまりにきもちがよくて、なにも考えられなくなった。

ソファの上で、優梨はびくびくと打ち震える。

電流に似た快楽が下半身に溜《た》まり、はしたなく滾《たぎ》っていた。早く、欲しい。そう思うのを止められない。

「やめて、じゃないでしょう。左も。でしょう？」

「あ、ぁあ、――っっ、だめ、……ぇ」

唇に包み込まれ、舌にくすぐられるのと吸われるのを交互にされて、腰が浮く。氷で冷やされたところに、熱いものでぐちゅぐちゅと淫らな愛撫を受けるのは、堪らない感覚だった。

痺れながらふわりと体が浮き上がる感覚に、限界が近いのを知らされる。

「優梨さん、胸だけで達《い》ってしまいそう」

「あ、あぁ、あああ、っん、厭ぁ……！」

弱い左胸を舌で責められながら、右胸の先を指で摘み上げられ、こりこりと弄られて、体がぞくんと大きく震えた。高みに押しやられる。そう思った時押し倒され、秘裂の入り口に、冷たい氷の感触があてがわれる。

「ん、ぁあ、ひゃっ……ぁ、つめ……たい……あぁ、胸舐《な》めな……いで、ひぅ」

「達くならそう言って。いいって教えて。言わないとわからないよ」

「嘘……やぁ……んん……は、……ひぃ……」

渋澤は、敏感な粒の周辺に埋め込むように、氷をつぷつぷと潜らせる。氷と指とが交互に当たって、鋭い刺激が押し寄せた。

体温で氷が溶け、水が花唇の中に吸い込まれていく。喉が乾いた時の水の飲み方のようで、はしたないと思うが、どうすることもできなかった。

ひやりとした感触が、毎回異なる道筋をたどるので、そのたび正気に戻されて、胸の刺激で達しそうなのを邪魔される。呼吸が浅くなり、嬌声《きょうせい》が溢《あふ》れ続け、閉じられなくなった唇の端から、唾液がこぼれた。

ようやく、あてがわれていた氷が溶ける。

唇を胸から外し、指の動きも止めて、渋澤が優梨を見下ろす。

ほとんど喋《しゃべ》れない状態にされる前に、腕を必死で摑《つか》んで、言った。

「し……ぶさわさん、もう、もう……。挿れて……っ」

「どうしようかな」

「お願い、意地悪しないで……。体、なか、熱くて、もう我慢できな……っ……」

ねだるように、腰が浮いてしまう。

恥ずかしさよりも、空洞を埋められたい欲が勝って、涙が流れる。

「もう少し虐めようと思ったのに。かわいいんだから……」

渋澤がズボンのファスナーを下ろす間にも、待ちきれないように擦り合わされていた優梨の足を割って、待ち望んだ熱が奥まで押し込まれた。

「……あ、ア、あぁぁぁっ……」

渋澤は悦びに打ち震える体を抱き締め、愛おしそうに唇にキスをする。

「きもちいい？」

「……いい……っ」

渋澤の腰に腕を回し、中でそそり立つものに自分から襞を擦りつけてしまいながら、優梨は涙をこぼして喘《あえ》ぐ。

「いい……きもちいいのぉ……、あぁっ……」

「もっと良くして欲しい？」

「ほしい……もっと……して……」

「上手に言えたね」

ご褒美をあげないと。

そう、渋澤の声が聞こえて、頭を撫でられたかと思うと、突然腰の動きが激しくなり、同時にふたつの胸の頂きを摘み転がされる。

「ふぁぁあっ、んっん……っあ、あ――っ……」

ようやく訪れた高まりに、優梨の全身が歓喜したようにふるふると震える。

喉からほとばしる悲鳴を、絞り切るまでがつがつと貪られ、意識が飛びかけるのとほとんど同時に、渋澤の引き抜いた楔《くさび》が腹の上でびくびくと痙攣した。

冷蔵庫が閉まる音で、優梨は目を覚ました。

窓の外の暗さから言って、まだ真夜中のようだ。

ミネラルウォーターのペットボトルの封を切りながら、ベッドの端に座った渋澤は、優梨が目を開けているのに気付いて、

「喉、乾いてない？」

と、口移しに水を飲ませてくれる。

喉も唇も渇き切っていたことに、遅れて気付いた。

それなのに、腰が立たず、自力で水も飲みに行けない。

ひどく乱れてしまった後の気恥ずかしさから、優梨は羽根布団を抱え込み、小さな声で呟《つぶや》いた。

「……たぬき」

「なんの話？」

水を飲みながら、渋澤が問い返す。

彼の方はなにごともなかったように、疲労の見えない素振りでいるのがいっそう悔しい。

「……渋澤さん、会社で、爽やか、って言われてるの、知ってますか？」

「そうなんですか？　光栄ですね」

「昼間、仕事をしている時と、夜はまるで別人みたいで。……意地悪だから」

先日、GM秘書として落ち着いた仕事ぶりを見せていた渋澤は、どこへ行ってしまったのだろう、と思う。

「それで、たぬきか……。悪だくみをするつもりはないので、せいぜい猫被りというところでしょう。それなら、優梨さんだってひとのことは言えないと思うけど」

「……それは……」

「職場では、声、わざと低く作っているでしょう。甘く啼く声の方が地声」

「……地声、高くて、好きじゃないんです。仕事向きの声ではないですし」

「かわいいのに」

「…………」

「そういう声だと、同性受けが悪い？」

「……そうです」

見透かされて、ごまかし方を思いつかないうちに核心を突かれたので、うっかり認めてしまった。

他人からの見え方を考えて、職場で仮面を作り込んでいるのだと看破されたら、嫌われてしまうだろうか。

しかし、自分でも言っているように、渋澤だって同類ではないか。

自分だけ追い詰められるのが悔しくて、つい、意趣返しのつもりで言ってしまう。

「……渋澤さん、プライベートでは、お酒飲まれるんですね」

「うん？」

先ほど虐められた氷は、テーブルの上にあった、飲みさしのロックグラスから取られたものだ。近づけられた時、少しだけウィスキーの香りがした。

「撮影の打ち上げの時、乾杯の後、ほとんどビールに口をつけられなかったから。他の飲み会でも、いつもすぐ帰ってしまうって噂《うわさ》を聞いたし、下戸なのかと思ってました」

「…………」

「違うのなら、もしかして。人前で酔わないのは、誰にも気を許していないから……？」

予測に過ぎないけれど、そうではないか、と、かなり確信を持って問いかけた。にもかかわらず、ふふっと軽く笑われて、ばかにされた気になる。

「僕のことをよく見てくれて、ありがとう。でも、推測は大抵、鏡だよ。つまり優梨さんが、あそこでカクテル一杯しか飲まなかったのは、そういう理由なんだ？」

「……私の話じゃなく、今は、渋澤さんの……」

かなり思い切って相手のことに踏み込んだ筈が、どうしてだか、再び自分の痛いところを突かれていた。

喋れば喋るほど己の弱みを晒すようで、いたたまれない。

優梨はくるりと寝返りを打ち、不貞腐れた声を出した。

「……なんだか狡《ずる》い」

「ごめんね。狡くもなるんだ、何年も社会人をやってるとね」

ははは、と笑いながら頭を撫でられると、本当にこども扱いという感じがして、恥ずかしくなる。社会人経験が少ないのは事実なので、それを言われると言い返せないのだが。

「……そういうものですか？」

「うん。僕が外であまり飲まないのは、車の運転をすることが多かったから。癖になっているんだ。でも、たとえ飲んでも、泥酔して醜態を晒すことはない、それは優梨さんが察してくれた通りの理由。多分ね」

「…………」

「普通だよ。罪悪感を抱くようなことじゃない。職場用に人格を作ることも、気安く他人に弱点を晒さないことも。社会人としては当然の処世術。素の自分なんてものは、大事に取っておくに限る」

「……でも、私は」

　仮面を被っている感覚で過ごしているのは、職場だけではなかった。

　友達の前でも、前の彼氏の前でも――家族の前ですら、嫌われたくないからと、良い子の自分を演じ続けてきたのだ。

（素の自分が……好きじゃないんだもの。職場以外の場所でだって、大事にする気なんておきない。消えてくれて良いくらい）

　明るい性格で、度胸があって、裏表がなく、かわいいけれど自分を飾らない。そんな、雑誌の読者モデルやタレントのような女性に憧れてきた。

　いつもお洒落《しゃれ》には妥協せず、料理やお菓子作りが得意で、部屋にはセンスの良い雑貨が並べられていて。

　仕事もほどほど、友人関係も上々。

　彼氏とは毎週、流行の場所で、愉しいデート。

　きっと幸せになれるのはそういう女性だ、と信じて、なりたがってみたけれど、努力すら才能の有無が問われる世界のようで、できあがったのは周りの目ばかり気にする、ただの八方美人だった。……それが優梨だ。

　そんな振る舞いをずっと続けていても、良いことなんてなにもない。

わかっているけれど、今更、どうにもならない。

唇を嚙《か》む優梨の髪を指で梳《す》きながら、渋澤は言った。

「僕の前では、全部見せてよ」

「…………」

「すぐにじゃなくて良いから。言葉を選ばず、全部あなたの声にして聞かせて。あなたの思っていること、感じていること、考えていること――。他所行きじゃないところまで、全部知りたい」

「…………。言ったらきっと、私のこと、嫌いになります」

「ならないよ」

「……なります！」

「多少の波風くらいじゃ、だめにならないよ。僕たち、付き合ってるんでしょう。恋人っていうのは、特別な他人……下手をしたら、将来、親より近しい存在になるかもしれないんだから。丸ごと受け止められる相手だって自信がなければ、僕も言わない。だから」

「…………」

「全部見せて。晒して。僕の前では一番、楽な姿でいて。……素直になりなさい、優梨」

最後は命令形で諭されて、浮かび上がりかけていた「でも」という言葉を押しのけて、ぐっ、と胸に染み込んでくる。

（……呼び捨てで、そんな……こと、言われたら……）

つい、心を許しそうになってしまう。

すべてを抱き締めてくれるのかと、期待しそうになってしまう。

そうやって自分を委ねた後、裏切られるのが、まだ、怖い癖に。

「……渋澤さんは、私に、楽な姿、見せてくれる……の……？」

おそるおそる見上げると、渋澤は眉を跳ね上げ、柔らかい表情を消した。

かと思うと両手でわしゃわしゃっ、と、手櫛《てぐし》で整えてくれた筈の優梨の髪の毛を乱す。

「もちろん。見せてもいいよ」

「っ、な、なんで髪」

「年下の恋人が生意気な。という口実の、照れ隠し」

「こんな照れ隠し……って……！　渋澤さんっ」

照れるというのは、もっと恥ずかしそうにするものではないのか。

仏頂面で髪を乱してくるなんて、ただのいたずらだ。

抗議する優梨の隣に、渋澤はぼすんと体を投げ出す。

それから、優梨を抱き寄せて、胸元に顔を埋めた。

「ひとりの時、わざわざ強いお酒を飲むのはね……。大体、落ち込んだ時」

「……え……」

「今日、ホテルの開業記念イベント企画のコンペがあったんだ。自信のあるプランを出したつもりだけど、あと一歩のところで落とされた。……それが悔しくてね」

ひっそりと抑えた固い声で、渋澤が打ち明ける。

予想もしていなかった真面目な話が飛び出して、一瞬、すぐに「冗談だよ」と訂正されるのではないかと疑ったが、そんな声には聞こえないと思い直して言った。

「そう……だったんですか」

「うん。慰めて」

優梨を更に深く引き寄せて、渋澤が囁《ささや》く。

そう言われても、慰め方など知らなかった。優梨は、迷った末、渋澤の頭に手を置く。

先ほど、彼がしてくれたように優しく撫でると、顔をあげた渋澤と目が合った。

磁力で引かれ合うように、自然に、唇を重ねる。

傷口に触れるような、優しいキス。

これまではずっと、とろりと濃密な、蜂蜜のような味がしていたのに、思いやりや労わりの気持ちを混ぜるキスは、ふんわりとした、シフォンケーキのような味がした。

キスの間中、指先を互いに絡ませて、遊ばせて。いつの間にか、手から腕、鎖骨、腰骨と、相手のかたちを確かめるように、触り合っている。

「元気、出してください。渋澤さん」

「……ありがとう。ふふ。実は優梨の顔を見た瞬間、厭な感情は全部吹き飛んでる」

「そんな……」

「本当に。気持ちを柔らかくほぐしてくれる、かわいいひと。……だから優梨にも、優しくしたい。大切なんだ」

頬にキスされ、同じものを返す。

首筋に口づければ、背中を撫でられる。

愛情を渡し、受け取る、無防備な時間に、時間を忘れた。

(私……誰にも甘えたことがない代わり、甘えさせてあげたこともなかったんだな……。

前の彼氏にも……。だから彼は、他の子のところに行ってしまったのかもしれない)

自分のプライドと天秤《てんびん》にかける、吝嗇《りんしょく》でこどもっぽい恋愛しか、したことがなかった。

初めての柔らかい気持ちに、優梨は、静かに沈んでいく。

9　天国よりも淫ら

空と海との境界が見えなくなるような、眩《まばゆ》いほどの青の中を疾走していた。

波を切るクルーザーの航跡だけが白く、青の世界にコントラストをつける。

珊瑚《さんご》の森を透かす海面に、陽光の筋が幾筋も射して、ゆらゆらと幻想的に揺れる中を、時々カラフルな魚が行き来して、見飽きるということがなかった。

からりと乾いた風を全身で受け止めながら、現実離れした美しい風景に浸るのは、堪らないきもちよさだ。

「すごい……」

離島に来てから、海は身近なものになっていたが、陸上からとは見え方が違う。

アウトドアよりはインドア派の自覚がある優梨でも、マリンスポーツにはまるひとの気持ちがわかるような気がした。

（自力で波に乗るのと、船に乗るのとじゃ、全然違うって怒られそうだけど……）

真新しいクルーザーは、この島に赴任することになってから、渋澤が購入したものらしい。車の代わりに、とでも言いたげな軽い調子だったが、キッチンやリビング、寝室とシャワールームを備えた立派なキャビンがあり、気軽に思い立って買えるものにはとても見えない。優梨は一通り船内の散策をしてから、操縦席に戻った。

渋澤は真っ白な椅子に座って、悠々と操縦を愉しんでいるようだ。

銀色のハンドルの上をつ、と滑らかに泳ぐ手が、きれいだなと思う。軽く折られたシャツの袖から伸びる節ばったライン、長い指。自分のそれとは違い、少し機械っぽい感じがする。器用そうで、握力の強い異性の手。

「クルーザーの操縦、愉しいですか？」

「うん。おいで、優梨」

見つめていた手にひらひらと招かれて近づくと、操縦席に抱えあげられてしまった。

椅子に座ると、渋澤の掌が、さまよう優梨の掌に重なって、ハンドルへと導く。

（この手に触りたいと思っていたことが、バレたのかな……）

冷たいハンドルと熱い掌に手を挟まれて、どきどきと胸が高鳴った。

「私、船舶どころか、運転免許も持っていないんですけど……」

「大丈夫。手を添えているし、なにかあれば止められるから。障害物もないし」

海の上には、障害物もないが、道路とは違い、白線も、交通標識も、信号もない。島がいくつも遠くに見えるだけだ。

かなりスピードが出ているように思うのだが、船の法定速度はどのくらいなのだろうか。

「渋澤さんは、運転、お好きなんですか？」

「好きとか嫌いでは……。単なる必要性だと思っていたけど、改めて考えてみると、まあまあ好きなのかもしれないね」

「そういうものですか」

「天気も良いし。今日みたいにきもちいい日だと、特に」

「ああ。そうですね……」

優梨は、目を細めた。

ハンドルから手を離しただけで悪いことが起きそうで、全身に籠《こ》もっていた力を、呼吸と一緒に吐き出す。

船の外も良かったけれど、操縦席からの正面の眺めは格別だった。

「やっぱりきれいですね。海」

「きれいだね」

一瞬だけ視線を合わせて微笑む。

天気の話、景色の話。

他愛のない、ほとんど意味もない会話の応酬。けれど、渋澤と同じものを見ていることが嬉《うれ》しくて、それを言葉で確認し合えるのが愉しい。

水面がきらきら輝く晴天さえ、神様が味方についてくれているような気がして心強く感じるのだから、優梨が初デートに舞い上がってしまっているのは間違いなかった。

渋澤と会うのは、いつも屋内だった。狭い島の中では、いつ同僚や上司に見られるかわかったものではなく、かと言って那覇にわざわざ出かけるほどの口実もない。

こうして、周りを気にせずに、恋人同士のように健全なデートができるのは、幸せなことだった。

「ところで、優梨。軽い提案として聞いてもらいたいんだけど」

「はい？　なんでしょうか」

「もう少し、なんとかならない？　その、かしこまった口調。呼び方もだけど。オフィスじゃないんだから」

「え……。で、でも、私の方がだいぶ年下ですし……」

思いもよらなかった指摘に、動揺してしまう。

「それはそうだけど。話す前にいちいち頭の中で固い言葉に直していたら、言いたいことが回りくどくならない？　歳なんて関係なく、恋人同士、ざっくばらんで良いんだよ」

「別に……困りはしていないです。今のところ」

「それなら、無理強いはしないけど」

そう言いながらも、渋澤はなんとなく、物足りなさそうだ。

礼儀正しく振る舞うのが、誰に対しても一番失礼がないと思っていたが、それがひとに他人行儀な印象を与えるのかもしれなかった。

難しいな、と思いながら、どうやったらかしこまらない喋《しゃべ》り方ができるのかを考える。

「将来……的には、そうします。友達相手でも、なかなかくだけた話し方ができないんです。少しずつ慣らすので……待って、いただけますか？」

「じゃあ、せめて僕のこと、名前で呼んでみて」

「えっ」

「今。呼んでくれなかったら、ショックでハンドルから手が離れてしまいそう」

「ええ……？」

そんなことをされたら、どうして良いかわからなくなって、困ってしまう。

優梨は、しばらく恥ずかしさでなにも言えなかったが、

「ほら。呼んで、優梨」

促されて、覚悟を決めた。深呼吸して、唇を開く。

「……もう。……ゆ……たか、さん」

「聞こえないな」

隣の渋澤はからかうように言う。優梨はむきになって大きめの声を出した。

「隆さん！」

「呼び捨てでもいいんだけど」

「……。やっぱり、渋澤さんに、戻します」

要求に応えたのに、さすがに無茶振りがすぎると少しだけ睨《にら》んでみると、髪をくしゃりと撫《な》でられた。

「はは、嘘《うそ》、嘘。ごめん。嬉しい、結構タカシって読み間違えられることが多いんだ」

「……前に柳井さんが呼んでいらしたの、聞いたから」

「その一回で？　よく覚えてたね。優梨。ホテルの表の仕事も務まりそう」

「……無理です。気になるひとの名前なら、忘れませんけど」

不自然なところで沈黙が落ちて、優梨が怪訝《けげん》に思ったところで、背中からぎゅうっと抱き締められた。

自分ひとりでハンドルに触っていることに気付いた優梨は、それどころではなく、悲鳴をあげる。

「ゆ――隆さん！　名前、呼んだんですから、ちゃんとハンドル握ってください。こ、こんなところでベタベタしないで……」

「……突然、そんなかわいいことを言う方が反則だろう……」

溜《た》め息を首筋に吐きかけられたが、どう考えても渋澤の方が悪い。と、不埒《ふらち》に触れてくる両手を無理やりハンドルに持って行き、優梨はその腕の下をかいくぐるようにして、操縦席を離れた。

軽く辺りを一周して帰るものと思ったのだが、船は一日で無人島とわかる浜に接岸した。

クルーザーを留める場所と桟橋があるので、まったく自然のまま、手つかずというわけではないのだろうが、桟橋に降り立ってしまえば、白い砂浜と背後に控える原生林しか目に入ってこない。

静かで、波の音以外は聴こえなかった。

時の流れから取り残されてしまったような場所だ。

「なんですか、ここ……？」

「ホテルで所有するプライベートアイランド。プライベートビーチの無人島版……かな。『ヴィネタ』の宿泊客だけが上陸できる島。シュノーケリングをしたり、マリンスポーツをしたり、浜でぼうっとしたり」

「ホテルの周りの浜だって、充分すぎるくらいきれいなのに……」

「優梨くらいの歳だとまだわからないかもしれないけど、大人になったら、落ち着ける時間や場所は、お金で買うようになるんだよ。政治家や芸能人の行く店には、個室や特別スペースがあると言うでしょう」

「聞いたことはあるような……」

セレブの生活というものに縁がないので、想像も薄ぼんやりとしていたが、『ヴィネタ』の宿泊料はけっして安くない。客は、きっと富裕層が中心なのだろう。

渋澤は優梨の手を引いて歩き出しながら、言った。

「人目というのは緊張を促すから。ゆっくりしたいひとには、誰もいない、なにもないところというのが一番の贅沢《ぜいたく》」

「その気持ちは……少し、わかるような気がします」

どこかに他人の目があると思うと、それだけでリラックスしづらい気分になる。

自分に悪意を持っている誰かがいるかもしれないと思えば、尚のこと。

……とは言え、自分を守ってくれる空間をお金で買えない一般人の身では、人前での言動を慎みつつ、心の中に防護壁を作って、自衛するしかないのだけれど。

渋澤について行くと、浜の一点に、白いパラソルとテーブルセット、それにソファベッドが置いてあるのが目に入った。

（……なに、これ？　なにかの撮影道具？）

不審がる優梨をよそに、渋澤はテーブルセットに近づいていき、躊躇《ためら》いなく椅子の背を引いた。

「どうぞ、こちらへ、お嬢様」

「……ええ、と、これは？」

優梨が椅子に座ると、渋澤は汗をかいたワインクーラーからシャンパンボトルを出し、トーションで水滴を拭ってから、栓を抜いた。優梨は、その手際の良さに見惚《みと》れてしまう。

細長いフルートグラスにシャンパンを注ぐ姿勢も、堂に入っていた。

「……注ぐの、上手ですね」

「もったいないお言葉です。……『ヴィネタ』に入社する前に、他のホテルで一応一通りはね。ドアマンからベルボーイ、フロント、ルームサーヴィスまで。現場を知らないと、ホテルの仕事は始まらない」

「へえ……」

ずっとデスクワーク中心の仕事だと思い込んでいたので、意外だった。

「なにもできない御曹司だと思ったら、意外と……。とか思ってる？」

「……思ってません」

そこまで値踏みするような、意地悪な考えは持っていないと思いたかった。

しかし、いくらか、偏見はあったかもしれない。

勝手に思い込み、決めつけるのではなく、話を聞いて、相手のことを知っていこう、と優梨は思った。

「そう？　いいんだよ、それくらいは皆言うから。黙らせるため、きちんと仕事を覚えよう、と思えるから、ありがたいけど」

「ひとにあれこれ言われて、厭《いや》な気分にはならないですか……？」

「足りないものを気付かせてもらうきっかけにはするけど、必要以上に気にはしない。他人を良い気分にさせるために僕がいるわけじゃないからね」

「……強いんですね」

「あ、でも、優梨は別だよ。たくさん良い気分にさせたい」

ぬけぬけと恥ずかしいことを言いながら、渋澤はテーブルの上の籐《ラタン》のフードカバーを持ち上げる。

カバーの下にあったのは、島バナナの葉を器に見立てた、野趣溢れるランチセットだった。スパイシーな香りの漂う焼肉や車エビ。きつね色に揚がった蒲鉾《かまぼこ》やマグロ。パイナップルのチャーハン。ゴーヤなどの野菜料理や、豆腐料理、デザートのカゴもある。少しずついろいろな料理が盛り合わせになっており、なんとも言えず、良い匂いがした。

「……すごい。どうしたんですか、これ」

「昼食」

「それは、見たら、わかります」

いつ、誰が、どうやって用意したものかを訊《き》いているのに。

しかし、無人島に仕出しの弁当屋などあるわけもないのだから、これはすべて、渋澤家の家政担当、柳井がわざわざ、事前に用意しておいてくれたものなのだろう。

そのことを思うと、少し気持ちが重たくなる。

「とりあえず、乾杯」

「……船舶も、飲酒運転はだめなんじゃないですか?」

「そうだね。やめておこう。お姫様を乗せるのに、万一があっちゃいけない。飲むのは水にするよ。……優梨は? まだ僕に気を許せないなら、無理強いはしないけど」

「……せっかくなので、このまま飲みます」

昨日の会話を受けて、渋澤が意地悪な言い方をするので、つい受けて立ってしまった。

渋澤がグラスを目の高さに掲げるのに合わせ、優梨もグラスを持ち上げる。

ワインクーラーからガス入りウォーターの瓶を引き抜く渋澤の視線を感じながら、グラスを傾け、口に含んだ。

シャンパンの泡が喉の奥でぱちぱち弾ける。

少し暑いくらいの気温にぴったりの、軽くて程良く刺激的な炭酸の口当たりに、あまりお酒が得意ではない優梨もこくこくと喉を鳴らして飲んでしまった。

すぐに、渋澤は二杯目を注いでくれる。

「さ、食事をいただきましょう」

「いただきます。あ、チャーハン取り分けますね……」

「ありがとう」

「いえいえ……これくらいは」

潮騒の音を聞きながら、瑠璃色の海のそばで、香辛料のきいた料理を口に運んでいると、ここが日本だと思えなくなってくるからふしぎだ。

舌を刺す辛《から》みに、つい、グラスに手を伸ばす回数が増える。

「……柳井さんは、いったん、帰られたんですか？」

「ここに残ってはいないだろうね」

「お片付けのためにまた小島まで来られるの、お手間では……？」

「構わないんだよ」

どうしてそんなことを気にするのかわからない、という顔で微笑まれるが、優梨としては気になって仕方なかった。

渋澤家の「坊ちゃま」に悪い虫がついていないかと心配して、どこかから見張っていないだろうか。以前ヴィラで見かけた優梨のことを、総支配人《GM》に話しただろうか。

「なんだか申し訳ないです。私の食事まで、いつも用意していただいて」

「気にしなくていい。それが彼の仕事だから」

「それは……そうかもしれませんけど。内心、良いようには思っていらっしゃらないのではないでしょうか。……私は、あなたに、相応しい人間じゃ……」

「優梨？」

こんな言葉を聞かされても、渋澤が困るだけだとわかっている。

それなのに、何故か言葉が溢れて、止まらなかった。

「隆さんが私の家のことや、私を、見下したりなんかしないって……そういうひとじゃないって、頭でわかってはいるんです……！　柳井さんだって、そうじゃないと思いたい。でも、陰で笑われているような気分になってしまう。私なんか、って。思いたくないのに思わされる。あなたが眩しいから……。ううん。それ以前に、向いてない、付き合うなんて。距離を測り間違えて、失敗しそうで。私、傷つくのが、本当に怖いのに……」

「……もしかして、優梨、お酒本当に弱い？」

「……はい。あと、シャンパン、初めて飲みました」

認めた瞬間、ふわあ、と酩酊《めいてい》が襲いかかる。

頭を支えきれなくなり、テーブルに突っ伏すようにすると、瞼《まぶた》の裏にぐるぐるとまるい模様が舞った。

「ちょっと弱すぎるだろう。立って。そっちのソファに横になりなさい」

「カクテル一、二杯くらいなら、いつも、なんとかなるので」

「シャンパンと、あなたが飲むようなカクテルは度数が違うし、空腹だと酔いが回りやすいし……ああ、もう。僕が悪かった」

渋澤に支えてもらいながら、ソファまで歩く間にも、頭の芯からふわふわとした感じが広がって、足元がおぼつかない。

なんとかソファベッドに辿り着けて、ほっとして体を倒したところへ、渋澤が添い寝をし、腕枕をしてくれる。恥ずかしさも忘れるくらい、ぼうっとしてしまっていた。

「……これ、ちょっと、醜態ですよね……？」

「醜態と言うより、無防備すぎて。アルコールを全面禁止したい……」

「……え……今、なんて？」

渋澤の顔を見上げて問い返したが、ちゅ、とキスされて、それで終わりだった。

「……なんでもない。優梨は、酔いやすい体質なんだ。少し眠れば、良くなるよ」

「そうで……しょうか……？」

「うん」

渋澤の手が、優しく優梨の頭を撫でる。

安心した途端、あっという間に、深い闇の世界へと誘われた。


はっとして瞼を押し開ければ、海の青が見えて、自分がどこにいるのかを思い出す。

悪酔いをした感じはせず、体から余分な力が抜けてすっきりした気分だった。

きらきらと午後の陽射しを反射する海面は、たくさんの銀の魚が跳ねているようにも見える。波が押し寄せて来ては白砂を転がす音に、心が静かに寄り添っていた。

（さびしい……）

優梨を腕枕したまま眠ってしまった渋澤の、シャツ越しの体温が、胸を苦しくさせる。半覚醒の意識の中、あまり理性が働かないからこそ純粋な気持ち、心臓が引き絞られるような恋しさを覚えていた。

幸せの反動は、足元が崩れてしまう恐怖に耐える、底なしのさびしさだ。

上等の羽根布団のような愛情にくるまれる心地良さを知ってしまったら、再びひとりに戻るのは辛いだろう。

（渋澤さん……。幸せになるのが怖いって言ったら、笑いますか……？）

心の中で、まだ呼び慣れない名前ではなく、馴染《なじ》んだ名字で呼びかける。

きらびやかで刺激的な世界を知っているだろうひと。

それに引き替え、「普通」すぎる自分。人生経験も、まだ少ない。

（好きだ、と言って、くれたけれど。そのうち飽きてしまうのでしょう……？）

今は物珍しさで相手をしてもらえているのかもしれないが、ライバルとなる女性たちに差をつけ、彼をずっと惹《ひ》きつけておけるような特別な魅力などないと、知っていた。

（今だけ、を愉しめるほど、強くなんてない）

寝ている渋澤は、いつもより少しだけ幼く見える。起こさないように、そうっと優梨は体を起こした。

じっと渋澤を見る。この瞬間の記憶を、失恋した後でも再生できるように、目に焼き付けておこうと思った。こんなふうに、柔らかい布で包むように愛してくれるひとなど、もう現れないだろうから。

「ん……」

腕が軽くなったことに気付いたのか、渋澤が寝息を立てたまま手を伸ばして、優梨を捕まえ、再び自らの懐の中に仕舞い込む。

あなたの居場所は、ここだろう、と言われたようで、泣きたい気持ちになった。

渋澤の鼓動を、頬に感じる。

（……お願い、これ以上好きにさせないで……）

そう思いながら、しかし、もう手遅れかもしれなかった。

渋澤を起こしてはいけないと、動けないでいるうちに、いつの間にかまたまどろんでいたらしい。

いたずらな指がワンピースの肩紐《かたひも》を落とす、不穏な気配に、優梨は目を覚ました。

「な、に、してるんですか……？」

「優梨の寝顔がかわいくって、つい」

渋澤は悪びれずに言うと、優梨の胸を服の上から包み込むように触る。

そうしながら、背中に片手を回し、ワンピースのファスナーを下げた。

「ちょっ、と。なにを……。だめです……こんなところで」

「誰も見ていないよ」

「待って、だって、柳井さんがランチの片付けに……」

「僕がいいと言うまで、来るわけがないだろう。完全プライベートを売りにするつもりの無人島だから、大丈夫。誰にも見せないし、触らせない。優梨は僕だけのものだ……」

ブラジャーのホックを外されると、カップが離れる心許ない感覚に、体の中がそわりとさざめいた。

渋澤は横向きの体勢になっていた優梨の肩を押して倒し、被さってくる。

制止の声をあげようとすれば、首筋や肩に、優しいキスの雨が降ってきた。

感じやすい優梨はそれだけで陶然としてしまうが、視界を遮るものがなにもない開放的な野外で服を脱がされることに対する抵抗が、きもちよさの波に攫《さら》われることを拒む。

（こんな……こんなところで？　最後まで？）

その様子を想像すると、羞恥で目の前が真っ白になってしまう。

「やっ……。怖いです、無理……っ」

肩を押し返すと、渋澤は何故とでも言うように首を傾げた。

「怖い？」

「外で……こんなこと」

「誰も見ていなくても？」

「見てなくても……！」

誰かが見ている気がする。

なにかのタブーに触れている気がする。

世間に知られたら冷笑を向けられるような行為だ。

たとえバレなかったとしても、報いがあるのではないか。

それが怖くて、ぎゅう、と目を閉じてしまう。

しばし沈黙が落ちて、さすがに考え直して止めてくれたのだろうか、という淡い期待は、
しかし、太腿《ふともも》を這《は》い上がった掌の感覚に裏切られた。

「怖いかもしれない、それ以上にきもちいいかもしれない。試す価値はあると思うな」

「あ、ぁっ……」

下着の上から足の付け根をなぞられ、甘い声をこぼしてしまう。

刷毛でなぞるように優しい指使いに、優梨の体はすぐ反応して熱を持った。

布越しに一番敏感なところをくすぐられると、思わず熱い吐息が漏れる。

「ちがっ、う……きもちいいからって……それに、流されるのが厭、なのっ……」

「知ってるよ。それで結局、僕と付き合ってしまっているわけでしょう。流されやすい、かわいいひと」

「あっ……そ、それは、流されただけじゃ……ないっ、ぁ……」

「多少強引にしないと、見向きもしなかったでしょう。結果オーライと思ってくれているなら、嬉しいけど……。ね、だから、わからないなら、僕に任せてしまいなさい。よくしてあげるから。力、抜いて」

「ふ……ぁっ」

順番に身に着けているものを剝ぎ取られながら、露出した胸の膨らみに口づけられた。

背骨に走る、甘い電流。条件反射のようにきもちいいことを期待して、体の芯が緩む。

すうすうと素肌に触れる潮風に、ここが屋外であることを思い知らされた。

「あっ……あぁ、っ、だめ、……です……ぅ」

胸を食まれながら、時折秘部を擦られると、疼《うず》きが膨れ上がって堪《たま》らない気分になる。

優梨のきもちいいところを、力加減を、タイミングを、熟知している指と舌に責められ、ひとたまりもなく陥落していく。

「ぁぁっ……！　ふあ、同時、いやぁ……！」

渋澤の右手と唇に両胸の先端を摘み転がされ、左手に秘裂を探られ、声を抑えきれなくなった。

すぎた快楽は、怖さと表裏だ。自分をコントロール下に置けなくなって、相手に主導権を預けてしまう。ずぶずぶと泥沼にはまるような恐怖にすら、段々と慣らされて、きもちよさを高める一因になる。

渋澤にすべてを握られる。委ねる。弱いところをすべて晒《さら》して……。

「あ、や、あぁぁ、っ、だめっ……」

膨らんだ肉芽を擦り上げられ、同時に乳首を吸われながら引っ張り潰されて、頭の芯が揺さぶられる。あられのない声をあげると、びくん、びくんと、内腿が痙攣《けいれん》した。

快楽に押し流された優梨からワンピースと下着を剝ぎ取ると、渋澤も体を起こして、自らの服を脱いだ。

太陽の下で見ると、引き締まった筋肉質な背中が、室内より際立って見えた。着痩せする体質なのだろうか。それなりに鍛えている体だ、と今更のように思う。

力強さを感じさせる体軀《たいく》を目の前に、体は淫らな想像で、とくん、と蜜を滲《にじ》ませた。雲ひとつない青空の下で、羞恥も忘れて欲しがる自分が、ひどく貪欲な生き物になってしまったようで堪らない。

でも、抉《えぐ》られたい。空っぽに疼く蜜洞を、奥まで乱暴にずぐずぐと犯して欲しい。

あまりに浅ましい考えに、優梨は両手で顔を覆ってしまう。

渋澤は再び優梨に覆いかぶさると、そうっと囁《ささや》いた。

「……服を脱ぐと、さすがに悪いことしてる気持ちになるね。獣になったみたいだ」

「もう、止めましょう……」

「止められる？　ここで」

「…………」

体の状態を見透かしたような言葉が恥ずかしい。

「癖になるのが、怖い、ってくらい、……僕は気分が良いよ。天気が良くて。きもちいい風が吹いて。あなたがいて。……優梨は？　誰もいないんだし、認めてしまわない？」

共犯者のような言葉が、甘く優梨を誘惑する。

足に当たる熱い楔《くさび》の感触。どくりと脈打つ、それを欲しがる自分。

認めてしまったら、終わり、という気がして、首を振った。

「……だ、め。こんなのは。……堕落……！」

「なるほど。良い言葉だ。……僕と、堕落しよう？　優梨」

「あ、あっ……！」

顔を隠していた手を取られて、唇で撫でられる。

優梨の緊張や羞恥を溶かす、魔法のような愛撫に、少しずつ抵抗の気持ちが削がれていった。

風邪で発熱した時のように、自力で動かせなくなった体を、優しく蹂躙《じゅうりん》されていく。

更なる熱と快感を加えられながら、少しずつ、自分をほどかれていく。

（……ああ……）

波が行き来する音って、こんなにゆっくりだったっけ――。


どろどろに快楽に溺れてから、言葉通り、獣のように交わって、体力を使い切って眠り、起きて食事をし、少し休んでもう一度――と、爛《ただ》れ切った休日を過ごして、気付けば夕陽が空を茜色《あかねいろ》に染め上げていた。

「……もう。信じられない……」

自分と相手を等分に責めながら、優梨はクルーザーに戻ってシャワーを浴びた。

渋澤は上機嫌で、優梨の抗議を聞き流す。

脱衣場に、当たり前のように優梨の着替えが用意されているのが、なお憎らしかった。

支度を整えながら、つい手持無沙汰でつけたテレビ番組にふたりして見入ってしまい、無人島を出て『ヴィネタ』のビーチに拵《こしら》えられた桟橋に降り立った頃には、辺りは真っ暗だった。

休日なので、ホテルのオフィス部分も、ほとんど電気がついていない。

「そういえば、優梨。南十字星ってもう見た？」

「え？」

「みなみじゅうじ座。北半球ではほとんど見られない星座で、沖縄本島より南でだけ、完全なかたちが見えるんだって。それも、季節が限られる」

「へえ……」

渋澤の言葉に興味を引かれて、空を仰いだ優梨は、言葉をなくした。

「…………」

「……探し方はわかる？」

「……あ、あの。ちょっと、待ってください」

「うん」

「……。すっごく、きれい」

みなみじゅうじ座以前のところで思考がストップしているのを、笑われるか突っ込まれるかされると思ったのだが。

渋澤は、笑わなかった。

「すごく、きれいだよね。こっちの星空。東京とは全然違う」

「はい……」

離島に住み始めて、二ヵ月近く経っていた。

その間、一度も、夜空を見上げたことがなかったのだろうか。気付かなかった自分は、どうかしていたのではないだろうか。

(ずっと俯《うつむ》いて過ごしていて、なにも見てこなかったんだ……)

澄み切った藍色の空に散りばめられた、たくさんの銀の星と、天の川。

目に刺さるほどの圧倒的な輝きに、喋ることを忘れるほど、心が動く。

ついまばたきを忘れてしまい、痛くなった目をこすった後、渋澤と目が合った。

星空ではなく、優梨の方を見ていたらしい彼は、少し首を傾けて尋ねる。

「きれいすぎて、また泣いてしまう?」

「いえ……」

さすがに、風景を見て泣くなんて、そんな「普通」じゃないこと、しません。

そう否定しようとして、また、という言い方に引っかかった。

どういう意味かと瞳の中を覗《のぞ》き込むと、渋澤は驚くようなことを言った。

「初めて優梨を見た時も、泣いてた。この島の反対側の浜で。スーツ姿で岩場に立って」

「……いつの、話ですか？」

「『ヴィネタ』の採用の最終面接の日。夕方」

あ、と息を呑《の》む。まさか、あれを見られていたとは――。

「……と、いうか。実は、最終面接も、そばで聞いていたんだ。役員の席の後ろで、履歴書や採点表の整理をしていたから。パーテーションで区切ってあったから、そちらからは見えなかったと思うけど」

「あ、や、やだ……」

かあっと頭に血がのぼって、思わず渋澤に詰め寄る。

こんなに恥ずかしい思いをしたことは、人生でもそうないだろう。

「わ、……忘れてください……っ」

「ちょっと忘れ難いくらい、ひどかったね……。はじめの方は、優等生的でそつがなかった分、ガタガタになった後が余計に痛々しくって――っと」

「も、もう。ひどい……っ。だから、絶対、落ちたと思っていたんです……！」

渋澤の胸を叩《たた》き、ゆさゆさと腕を揺さぶるが、話を止めてはくれなかった。

秘書という仕事柄、そういう業務に従事していてもふしぎではなかったが、目の前のひとがあの場にいたと思うと、別の意味で泣きたい気分だ。

採用の旨を人事担当者の電話で知らされた時すら、なにかの間違いとしか思えなかったほどの、失敗。

しかし人事の連絡ミスでもなかったようで、無事採用となった今となっては、早く忘れてしまいたい出来事だった。

「それほど重大なミスというわけではないけど……。ホテル業界は、新卒でも皆きちんと面接対策をやってくるし、中途採用のひとは接客経験者がほとんどだから、あれだけ真っ白になっちゃう子は珍しくて。僕も最初は、履歴書の写真を見て、かわいいな、なんて呑気に思っていたのに、最後はひやひやしながら、パーテーションの後ろで拳を握り締めてたよ、はは」

「……すみません……」

「どうして謝るの」

面接対策をしていなかったわけではないのだが、できれば突っ込まれたくないと思っていた、前職の歯科助手を辞めた理由を、顔も声も怖い副支配人《RM》に深く尋ねられ、数秒間、黙り込んでしまった。

なにを言っても、面接ではＮＧとされている、ネガティブな理由づけになってしまう。

最初はもちろん前向きな建前、というもので飾ってはみたが、辞めようと思ったきっかけを重ねて問い質された瞬間、前の職場で言われた言葉や、されたことが記憶に蘇《よみがえ》り、上手に喋れなくなってしまったのだった。

——人間関係を、ていねいに築くことができませんでした。

震える声でそう言うと、ＲＭはへえー、と言い、書類の上にペンを投げたのだ。

落ちた、と確信し、反省点と今後改善したい点を付け加えて、話を終えた。

後の質問にはどう答えたのか覚えていない。

「あれでよく通ったなと……思っていたんです」

「意見は割れたけどね。接客部門なら、咄嗟《とっさ》のアドリブがきかないのはマイナス評価だけど、事務だし、経理部長があなたを採りたいと言ったので、鶴の一声で」

「……そうだったんですか」

定年が近そうな、口数少ない経理部長の顔を思い浮かべる。

彼が気に入ってくれたから、自分はこの会社にいられるのだ。

感謝しなければ、と思うが、気分は浮かない。

「実際、優梨の仕事は上からも評判良いよ。ミスがなくて、ていねいだし、人柄も良く、優しいって。結果的に、部長の見る目は正しかったたって話」

「……すみません」

「だから、謝るところじゃないだろう?」

「難しいフォローをさせて……。そんなこと、事務としては、できて当たり前です。私が採用される代わりに、不採用になってしまったひとでも、きっと」

採用されて嬉しかったたし、仕事が決まって安心もしたけれど、ずっと優梨は心苦しさを感じていた。

自分ひとり、スキルが足りない。

経理のノウハウはもちろんのこと、ホテル業界の基本知識、語学力、なにを取っても、立花や斉藤、他部署の面々と比べて、自分の能力不足を痛感することばかりだった。

なにか、また、無意識のうちに、ズルをしているのではないだろうか。

男性に媚《こ》びるのがうまい八方美人、というのが、前職場——それなりに大きな個人経営の歯科医院での、優梨の評価だった。

男好きのする顔、甘い声。

院長や男性客にうまく取り入って、気に入られて、若いくせに世渡りがうまい。そんなふうに衛生士や歯科助手である女性の先輩から、聞こえるところで陰口を叩かれ続けた。院長夫人の音頭で、院長不在の際を狙って、嫌がらせを受けたりもした。

肩身が狭く、仕事中は呼吸をするのも苦しかった。

顔をかわいいと言われることも、男性に褒められ好かれることも、厭になった。

目立たず、誰にも嫌われず、平和に生きたい。

だから——そう、経理部長のおかげで採用されたことにも、渋澤に好かれることにも、どこか罪悪感を感じてしまう。

また男を利用して、この場所にいる、と思われてしまうのではないか。本当は、そんなに良い思いをする資格などないくせに、と、暗黙のうちに責められるのではないか。

ここにいて良いんだよ、と、認められ、心から安心できる場所に立ちたい。

けれど、どうしたらそこに行けるのか、わからない。

「優梨」

ぽん、と渋澤が、優梨の頭に手を乗せた。

励まそうとしてくれる気持ちは、嬉しい。

渋澤の隣は、とても居心地が良いけれど、好意という不安定なものに自分を委ねてしまうのは、怖すぎるのだ。

かわいさも、若さも、いつか目減りすることを知っている。

その時自分は、男性にかわいがられる若い女性を僻《ひが》むようになってしまわないだろうか。

「優梨。確かに、あなたよりスキルのある求職者は、たくさんいたよ。でも、仕事ができるひとたちが、『ヴィネタ』の経理部にうまくはまるかどうかは、別の話だ。パズルのピースみたいなもの。完成したパズルを見た後で、後出しは狡《ずる》いけど、経理部長のもくろみは、開業準備室が動き出して、わかった」

「どういうことですか？」

「ホテルのサーヴィス部門っていうのは、戦場だよ。厳しい切磋琢磨《せっさたくま》が求められる。技術に接客力、対応力……。特に外資系は実力主義だから、結果が出せなければすぐに追い出される。同じ部署同士の同僚でも、ある意味ライバルだ。常に気が張り詰めている」

「……大変そうだな、とは、いつも思います」

「日々忙しい上に、こまごまとした書類仕事は苦手と来ている。経費の申請や給与計算……そういう苦手なことをやり取りする時の窓口は、仕事ができる厳しいひとより、怖くなくて、ていねいに教えてくれるひとの方が嬉しいもの。優梨は、バリバリと仕事をこなす方じゃないけど、その分相手をよく見ている。時間がかかっても、繰り返しになっても、厭な顔ひとつせず、分け隔てなく、わからないところは先回りするようにして、説明してくれる……。他部署の人間が、経理部のオフィスに入ったら、まずあなたのところに向かうことが多いでしょう？　それは、そういうこと」

「……私は、立花さんや斉藤さんみたいに、専門性の高い仕事がまだできないから……」

それに、かなり好意的に受け取ってもらっているが、元はと言えば、自分の地頭が良くないので、ここがわかりづらいんだろうな、というポイントがわかってしまうだけだ。

書類を書くのが面倒くさいという気持ちも、自分が怠惰なので、共感できてしまう。

その分、そのひとが一度の申請で済ませられるように、ていねいに説明しているだけだった。

「そこも見越して。立花さんと斉藤さん、優梨の三人で、バランスが取れるように、経理部長が選んだんだ。開業準備でつまずくわけにはいかないから、採用にあたっては、どの管理職も慎重に臨んでいる。選ばれたんだから、もう自信を持ちなさい。その上で、足りないところは学ばせてもらえば良い」

「……はい」

物は言いよう。

渋澤は、良いようにとらえてくれているが、恋人のひいき目もきっとあるだろう。

そういう反論も頭の中では浮かんだが、顔や従順さ以外のところで、会社が優梨のことを認め、必要としてくれたと知れたのは、嬉しかった。

「今、こういうことが言えるのは、良かったな……。あの浜は僕の散歩コースだったんだ。最終面接がひと段落して、歩いていたらあなたを見かけて。面接がうまく行かなかったことを、気に病んでいないか心配していたので……その」

「さすがに、海に飛び込んだりは、しませんよ……」

「あの時はわからなかったから。遠目に、目元を拭っているのが見えて」

「最終のフェリーまで時間があったので。せっかく遠くから来たんだから、選考に落ちるにしても、なにか良い思いをして帰ろうって思って。……本当に、きれいな海で、あんな色見たことがなかった。ちょっと、救われたんです。前職を辞めてしまったのは、ただの逃げだったのかもしれない、体が辛いなんてただの甘えで、本当はもうちょっと頑張れたのかもしれない……。内心そう思っていたから、きっと、RMの質問にも、詰まってしまったのでしょう。でも仕事を辞めていなければ、『ヴィネタ』の選考にも参加できなかった、こんなきれいな風景にも出会えなかったんだって思ったら、苦しい思いをしたことも、無駄ではなかったような気がして……そう思ったら、憑《つ》き物が落ちていくみたいに、もやもやしていたことが、目から流れ落ちていきました」

「そういう感じ、わかるよ。僕も、悩みがある時、空や海がきれいすぎて、目が潤みそうになったことがあるから。……優梨の不器用さを見ていて、他人事に思えないことがある。面接も、そう。あれからずっとあなたのことが気になって仕方がなかった。きっと、僕たちはどこかが似ているんだと思う。僕はもっと狡さのある人間だけど……だからこそ、あなたの、その、生きづらそうな過敏さが愛しい」

「……っ」

「余計なことを考えすぎるところも、それ故に臆病なところも、隠すために虚勢を張るところも、かわいくて、大好きで、全部抱き締めたい」

そう言って、渋澤は、優梨のことを深く抱擁した。

一瞬、振りほどいて逃げてしまいたいと思う。

それくらい、彼の言葉は優梨の心に沁《し》みて、全部を攫《さら》っていってしまいそうだった。

（だめ……）

身じろぎしようとする自分の体を抑え、勇気を振り絞って、渋澤の背中に手を回す。

ぎゅ、と自分からも抱き締めた瞬間、愛しさが滲み出してきて、止まらなくなった。

「隆……さん……」

怖さと幸福感の混ざり合った気持ちが溢れて、涙がこぼれる。

一番取り繕えていない、情けない瞬間の優梨を知りながら、近づいてきたひと。

傷つき歪《ゆが》ませてしまった、いびつな言葉や感情ごと、愛してくれるという。

その言葉を信じてもいいのだろうか。

今だけの特別なバカンスだと、自分に言い聞かせてきたけれど。

信じたい。そう思う。ここまで自分に歩み寄って、見つめてくれた、初めてのひとを。

「……優梨の全部を、愛させてくれる？」

その言葉に、顔をあげ、くしゃくしゃの顔で渋澤の胸を叩く。

「……う……嬉しい……です……、ばかぁ」

「……なんで、ばか」

「こ……んなに、好きにさせて、おいて……そんな言葉、聞かされたら……」

どうして恥ずかしいからと言って、余計な一言をつけてしまうのか。

本音をストレートに口にするのは、どうしてこんなに難しいのか。

もう勢いをつけて、言える時に言ってしまうしかないではないか。

「誰だって、参っちゃうんだから……！　隆さんの、ばか。好きです。素直になれなくて、ごめんなさい。いつも、あなたのことばかり、考えて……、ばかなのは、私の方……」

「優梨」

「言わせて。あなたが好きです。離れたくない」

まるで喧嘩《けんか》を売るような、真剣な目つきになってしまう。

それでもきちんと渋澤の瞳を見る。逃げずに、受け入れる覚悟をする。

たとえ傷ついても、このひとの傍にいたい。

「……離さない」

渋澤は切なそうな顔をして、再び、優梨を懐の中に仕舞い込んだ。

本気の気持ちを受け入れられたような、気がした。

10　嵐のあとの熱帯夜

ホテルのオープンまであと一ヵ月。

工事用のブルーシートはすべて外され、レストランやバーの名称も決まり、宿泊プラン等がプレスリリースされた。予約状況は上々だという。

館内には絵画やレリーフが飾られ、レストランにはブッフェ台やカトラリーセット、フロントには予約システムの入ったパソコンやペンセット、ブライダルサロンにはドレスや引出物のサンプルといった備品も揃《そろ》い始めた。気合いが入ってきたのか、バックオフィスもなんとなく浮き立った雰囲気だ。

「いよいよ明日から試泊が始まります。『ヴィネタ』本社の重役も完成具合を確かめに来ますし、顧客も招待しました。試験運転とあなどらず、一日一日の学びを大切にしながら、一緒に乗り切っていきましょう。気付いたことはなんでも会社の上層部にあげてください。栄えあるオープニングメンバーである、皆さんの活躍に期待しています」

大宴会場の壇上で挨拶しているのは、上品な銀髪と意志の強そうな太い眉、がっしりとした肩幅が印象的な、総支配人《GM》渋澤巽だった。

『ヴィネタ　ホテル&リゾート』のアジアパシフィック部門の社長でもあるそのひとは、笑みを浮かべつつも、鷲《わし》のように鋭い目で全従業員を見渡す。まるで企業のトップに立つために生まれてきたような、堂々たるカリスマ性に圧倒された。

元より、ＧＭなど、一般社員にとってはほとんどやり取りする機会がない、雲の上の存在だ。

渋澤の父親だということを知らなければ、こうして興味を持って見上げることもなかったかもしれない。宴会場の隅でグラスを持った優梨は、そんなことを思う。

（似てる、かな……。目元は似ているかもしれない。顔立ちの彫りの深さも……）

しかしＧＭの、学生時代にアメリカンフットボールをしていたという恰幅《かっぷく》の良さと、空気がびりっと振動するような声の野太さ、そこから醸し出される威圧的な雰囲気は、渋澤隆の爽やかさと対照的とも言えた。

今日は、試泊が始まることを受けてのキックオフパーティだ。

終業後の従業員が百名前後、立食ブッフェの用意が整った大宴会場に集められていた。

なんだかいつも会社からごちそうになっている気がして、その分、早く働きで返さなければ、という気にさせられる。

「まあ、今日はゆっくり、日頃の疲れを取って、また部門を越えて交流してもらえればと思います。乾杯のシャンパンは僕と副支配人《RM》からのプレゼントです。一流のものを知り、一流のサーヴィスができるようになってください。……皆さん、グラスはお持ちですか？　それでは、このホテルの成功と、従業員の皆さんの幸福を願って、乾杯――」

乾杯、と唱和する声が続く。

仕事に情熱を燃やすホテリエたちは、早速テーブルを動き回って、自己紹介の輪を広げていた。が、経理部の三人はいつも通り、のんびりと隅の方の円卓を囲み、ブッフェ台から取ってきた料理をつまむ。

先日シャンパンで酔い潰れた優梨は、一口だけでフルートグラスを置き、テーブルに配られたオレンジジュースを飲んだ。

「んー！　このエビ、やばいわ！　プリプリ！」

「海ぶどうってこんな食感なのねえ……。あら、この赤い魚美味しい。マース煮ってサーヴィスの子が言ってたけど、マースってなあに？　斉藤さん」

「私に聞く⁉」

「詳しいかと……」

「いやぁ、沖縄方言じゃないかなあ……。お、高田ちゃん、その白いスープ美味しそうね。トムヤムクンはちょっと辛いわー」

宴会場で出されているのは、二階のメインダイニングの琉球《りゅうきゅう》フレンチとはタイプの異なる、濃いめの味付けの創作料理だった。家庭料理に近いところもあって、親しみ深い味がする。

「ココナッツのスープ……？　みたいです。美味しいって、よくわかりましたね」

「高田ちゃんは結構なんでも顔に出る方よー。私もそれ、取ってこよっと」

さらりと言い捨てられた斉藤の言葉に、優梨はまばたきを増やした。

（顔に出る……。そ、そうなのかな……）

これまでも、優梨の本心は、密かに看破されていたのだろうか。

精一杯、無難な振る舞いを続けてきた自分が気恥ずかしくなるような、それでもあたたかく接してくれる包容力に感謝したいような、言葉にならない気持ちで斉藤の背中を見る。

「……わっ。な、なにしてるの……？　市川さん」

視線を動かしたところに、まるで潜入中の女スパイのように姿勢を低くしている凛がいて、優梨は思わず驚きの声をあげた。

凛は腰を低くしたまま近づいてくると、ビールグラスを目の高さに掲げる。

「お疲れ、高田さん。ここにいるのは私のゴーストだと思って……」

「どういうこと?」

「いや、もう、市川の本体はオフィスを出ること叶《かな》わず朽ちていく定め……っ、あの、情け容赦ない鬼軍曹に虐げられて……」

「市川一等兵」

「ひぃぃぃっ」

凛の後ろから気配なく現れたのは、宴会課の菅マネジャーだった。凛が女スパイなら、確かにこちらは特殊部隊の軍曹という感じの登場だ。

凛は悲鳴をあげながらも、ビシッと背中を伸ばして立ち上がった。

いつからここは基地になったのだろう、という、張り詰めた緊張感に、優梨は内心どきどきしている。

フルートグラスを持った菅は、不敵さを感じさせる笑みで凛を見下ろし、言った。

「軍曹とはよく言った。市川。俺は厳しすぎるな。ん?」

「いえっ、いろいろ教えていただけて感謝しておりますっ……。た、ただ、ひとりでオフィスに残っているのが、さびしくってっ……。皆が愉しそうにしているのが羨ましくて、つい……。申し訳ありません!」

「別に、気に病むことはない。せっかくGMが設けてくれた席なんだ。ゆっくり愉しんでいけ。ちなみにブライダルフェアの模擬披露宴の配席表は……」

「こ、今夜中にはッ」

「そうか？　無理はするなよ。ただそろそろチェックを入れないと……」

「わかっております！　必ず、今日この後、提出いたします！　あーっ、バーのマネジャーさんが、おひとりでうろうろと、もしかして、仲の良い菅マネジャーを探していらっしゃるんじゃ、ないかなあぁ！」

「ああ、そうだな。じゃあ、頼むぞ、市川」

「かしこまりました！」

芝居がかった敬礼で菅を送り出すと、凛は緊張をほどいて、空気が抜けたようにふしゅるると床に沈んだ。

「ああ、胃が痛い。お薬を飲まなきゃ……。お薬、お薬」

そう言いながら、美味そうに喉を鳴らしてビールを飲んでいる。なかなかタフなひとだ。

「お疲れ様。苦労しているわねえ。怖そう、市川さんのボス」

「市川の所属は宴会課じゃなくて婚礼課の筈《はず》なんですけどねぇっ……くうっ」

「元気出して。このエビマヨみたいなの、どう？　ビールに合いそうよ」

「あーっありがとうございます……いただきますうっ……」

立花に慰められて、料理に手を伸ばす凛は、いつもと変わらず明るく振る舞っているが、少し顔が痩せた気がする。

凛が主導となって進めている、ブライダルフェアというのは、チャペルや宴会場を結婚式当日さながらに装花などで飾り付け、挙式・披露宴会場を探しているカップルに見てもらうという催しだ。

今回は、グランドオープン前週に行われる、ホテルの開業記念イベントの目玉のひとつということもあり、かなり大掛かりに、予算をかけて行うらしい。

婚礼施設の初公開の場でもあることから、取材も多く入る予定だという。

ブライダルフェア参加希望のカップルは、『ヴィネタ』のヴィラに無料で試泊できるとあって、既に抽選をしなくてはならないほど申し込みが殺到していると聞いた。ブライダルフェアの宣材モデルを務めた優梨としても一安心の結果だ。

しかし、一泊二日の間に模擬挙式や模擬披露宴、料理試食やドレス試着など、カップルを飽きさせずにリゾート婚の良さをアピールするイベントを効率良く盛り込まなければならないとあって、他部署との連携も多く、凛の仕事量は目に見えて増えている。

「お、市川っちだ。大丈夫？　生きてる？」

「斉藤さぁん……死にそうですがなんとか生きたいところですぅ。模擬披露宴の方の外国人モデルは決まったんだけど、模擬挙式は日本語で執行したいから、できれば日本人の……本社が気に入る日本人モデル……そんなの、市川の頭の中には候補がひとりしか」

「……大変ですね」

「高田さん……折り入ってお願いが」

「モデル以外ならなんなりと」

同情しつつも、できることとできないことの境をきっぱりと告げると、期待していたらしい凛はしがみついて追いすがった。

「そう言わず！　ね、だめ？　どうしても？」

「前回は写真だからなんとかなったようなもので、大勢の前で演技するのは、私には難しいです。失敗は許されないのでしょう？　プロの方にお願いしてください」

「しっかりリハーサル入れるから大丈夫！　またS氏にもお願いして」

「——市川さん！　デザートが出てきたみたいですよ。取りに行きますか？」

「わぁん、行く！」

「行きましょう」

アルコールのせいで判断力が落ち、口が軽くなってしまっている凛の腕を引いて、優梨は奥のブッフェ台に向かう。その途中で、声を潜めて、囁《ささや》いた。

「市川さん。渋澤さんのモデル協力の件、本人から口止めされているんでしょう？」

「……あ。そうだった」

危機感のないぽやんとした表情を見ていると、何杯ビールを飲んだのか心配になる。

あの場には、以前から凛と渋澤の仲を疑っている斉藤もいるというのに、イニシャルだけにしても、名前に関わる情報を出すなんて、迂闊《うかつ》にもほどがあった。

「それに、顔出しNGってことは、彼は模擬挙式のモデルは絶対に無理でしょう？」

「うーん？　どうかな？　私が頼んだらなんとかなるかも……。あのひと優しいから。……っていうか、甘やかされてる？」

確かに、甘え上手で開けっ広げで、不器用ながらも仕事を頑張っている凛は、親しみやすく、話していて愉しく、誰からも愛されていた。

渋澤もその例外ではなく、凛に対しては、他のひとに対する博愛的なそれではなく、より親密そうな眼差しを向けているように見える。

いつか、その感情がなにかのきっかけで急速に深まってしまうのではないか、と思うと怖くも感じるけれど、モデルを断るのは、恋敵候補への意地悪な気持ちからではない。と、思いたい。

「……とにかく、私は困ります。すごく大変そうだから、市川さんに協力したい気持ちはあるけど、……好きなひとができたの。だから、そのひと以外の男のひとに、仕事でくっついたりできない。ごめんなさい」

その相手は、今、四泊五日の東京出張に行っていて、この大宴会場にはいなかった。だから余計に、言いやすいところもあったかもしれない。

それでも、こんなふうに正直に打ち明け話をするのは不慣れで、胸がどきどきした。言いふらしたり、囃《はや》し立てたりするようなひとではないと思って打ち明けたけれど、

「……そうなの？　好きなひと？　高田さんに？」

「うん。ごめんなさい」

「ううん。それならどうしようもないや」

「モデル事務所に電話かけたり、そういうのなら、手伝えるかも……」

「大丈夫、大丈夫。さ、デザート食べてもうひと踏ん張りするかぁ！」

納得してもらえると、やはりほっとした。

デザートコーナーには、色とりどりのケーキにムース、ゼリーやパンナコッタ、カービングをほどこしたフルーツなどが並んでいた。

まだ皆、ビールの注ぎ回りをしたり、出来立ての肉料理を味わっているところらしく、

デザートコーナーにはほとんどひとがいない。取り放題だぁ、と、凛が全種類を皿に盛っていくのに驚きながら、優梨も装飾がきれいなカップケーキをふたつ皿に取った。

その時だった。

「市川さん。それに高田さんだね」

ふいに後ろから声をかけられる。

振り返って見ると、先ほど壇上で挨拶をしていたGM渋澤巽そのひとが立っていた。その後ろには、RMの姿もある。

「は、はい。お疲れ様です、GM」

「お疲れ様でーっす」

慌てて頭を下げる優梨の横で、凛はデザートから視線を外すことなく、間延びした挨拶をした。

山盛り状態の凛の皿をちらりと見た渋澤巽は、品の良い失笑を浮かべる。

自分に向けられたものではないにもかかわらず、思わず優梨は萎縮してしまった。

（なんでGMが……。甘いもの、お好きなのかな……。雇用主より先に取ってしまって、怒られないだろうか……）

最終面接の時以来、個人的に話をしたことなどない。

近くに立つと余計に、地位がある大人の男の風格というものに、圧倒される心地だった。

渋澤巽は、まず凛の方を向いて、話しかける。

「仕事はうまくいっている?」

凛は物怖じせずに答えた。

「えーっ。忙しいですけど、はあ、まあ、それなりに」

(そんな返事、ありなの……⁉)

隣に立っていた優梨の方が、目を回しそうになる。

前から薄々感じていたが、凛には上下関係の意識が薄かった。

宴会課マネジャーの菅にだけは例外だが、GMの息子である隆にも、婚礼課や他部署のマネジャーにも、かしこまったり、へりくだったりしているところを見たことがない。

今の態度は、さすがに社会人として問題があるだろう、と優梨には思えたが、GMは特に咎《とが》めたりはしなかった。

雇用主が鷹揚《おうよう》なのだろうか。それとも凛の持ち味で特別に許されているのだろうか。

(……鷹揚というか、読めないというか……これだけ近くにいても、生活感を感じないな。GMと奥様と隆さんが、同じ食卓を囲んでいるところが、想像できない……)

映画で見る貴族の生活のように、燭台《しょくだい》のある細長いテーブルについて、王室御用達ブランドの高級食器で食事をしている光景なら、まだ想像できる。

などと、勝手なことを考えていると、渋澤巽は、今度は優梨に向けて話しかけてきた。

「……高田さん。高田、優梨さんだったかな。仕事には慣れましたか？」

「は、はい」

さすがに優梨は、凛のようには振る舞えない。ぴんと背中を伸ばして息を詰める。

このひとは、全社員のフルネームを覚えているのだろうか。それとも……。

「ブライダルフェアの宣材では、モデルの協力をありがとう。見せてもらったが、堂々とした感じで映っていたね。大変、良かった」

「……は……」

GMの視界から外れたのを良いことに、凛がそそくさと逃げていくのが目の端に映る。

しかし、優梨は、まだ逃げられない。

「撮影の時、隆はご迷惑をおかけしませんでしたか」

「……いえ、そんな……」

「それは良かった。隆はこどもの頃から写真嫌いでね」

渋澤巽はフランクな話し方をしたが、目の奥は笑っていなかった。

直感的に、このひとは隆とのことを全部知っているのだ、と感じ取る。

口止めをお願いしている以上、隆経由とは考えづらかった。

使用人の柳井経由で耳に入ったか。社員の誰かに、隆といるところを目撃されたか。

あるいは両方かもしれない。

「……そう、なんですか。撮影の時は、私がリードしていただいたくらいで……。渋澤さんには、たくさん、助けていただきました」

できるだけ隆の株をあげられるような言い方を心がけたのだが、言い終わった後、ふ、と渋澤巽の口端が歪《ゆが》むのを見て、しまったと思う。

この言い方だと、事情を知っている父親には、挑発的に聞こえはしないだろうか。

案の定、渋澤巽は、柔らかいながらも、どこか凄味のある微笑みを浮かべた。

「美しい花嫁さんを間近で見たことで、心を入れ替えてくれると良いんだがね。たったひとりしかいない私の跡継ぎだと言うのに、身を固めることをふらりふらりと拒んでいる。昨今ではああいうのを草食系とか言うのか、しかし女性の目から見ても頼りないだろう？責任のない交際など、相手の方にも迷惑だろうし、結局、釣り合いの取れた相手と一緒になるのが、互いにとっても良いことなのに。……一体、誰に似たのか」

婉曲《えんきょく》なようで、わかりやすい厭味《いやみ》に、返す言葉もなく、優梨はただ聞いている。

沈黙に焦れたように、ＧＭの後ろから、ＲＭが口を出した。

「まあまあ、ＧＭ。隆君も、自分の立場というのはわきまえていますよ。今日も、東京でお見合いをしているんでしょう」

「ああ。知人の紹介でね。資産家のお嬢さんで、美しく、教養があり、自然と男を立てられる。そういう、公私ともに支えてくれるような女性と、早く結婚して欲しいものだ」

「若いうちは遊ぶ方が愉しくて、なかなかそんな気になれないもの。しかし、結婚となると、本人同士だけではなく両家の問題。釣り合いが取れなければ、遠からず破綻します」

「そうだな。遊びで終わってしまう方には、気の毒な話だ」

「…………」

「ああ、高田さん。もう、いい。邪魔したね。戻りなさい」

「……はい。失礼します」

優梨は、自分に関係のない話題のように、曖昧に微笑んで話を聞いていたが、もういいと言われるとていねいに会釈し、その場を立ち去る。

そして皆のいる円卓に戻って、お喋《しゃべ》りを愉しんだ後、笑顔で手を振って宴会場を後にし、アパートに帰った。

家に帰って、風呂に入り、髪を乾かし、ひと心地ついた後、優梨は部屋干ししていた洗濯物を畳みながら、改めてGMたちの言葉を反芻《はんすう》してみた。

（……びっくりするくらい、落ち込まない。どうしたんだろう……）

わざわざあんなことを言いに来たのだ。

家柄の釣り合わないお前など認める気はないと、はっきり言われたようなものだった。

それも、GMとRMふたりがかりで。

彼らにかかれば、社内での自分の処遇など、いかようにも劣悪にされかねない。

最悪、クビだ。

こういう日が訪れることにずっと怯《おび》えてきた筈だった。

それなのに、気持ちは、事前の想像よりずっと凪《な》いでいる。

（この前、隆さんにちゃんと思いを伝えられたから……なのかな。あの時、覚悟を決めたから……もう、気持ちがぶれない）

渋澤が、父親の選んだ相手とお見合いをしていることも、その女性が素晴らしくて、彼がすっかり気に入ってしまう可能性も、気にならないと言えば嘘《うそ》になる。

しかし、心のどこかで、渋澤の愛を信じていた。

少なくとも、一緒に星空を見上げたあの日、あの瞬間、気持ちが通じ合ったことだけは、自分の勘違いではないと思える。

そこから先、気持ちが変わってしまったとしたら、それはもうどうしようもないことだ。

もう一度振り向かせるため、できる限りの努力をして、それでだめなら仕方ない。

（私、もっと打たれ弱い人間だと思ってた。すぐに、うずくまってしまうから……）

いつもネガティブな想像で自身を打ちのめして、痛がって、自信をなくしていた。

それは、今思えば、いざこういうことが起こってしまった時のための、予行演習だった気がする。

凹むこともある。わざと弱く見せることもある。

けれど、女の子は本当はタフなのだ。

衝撃や痛みを乗り越えて、前に進む。そのための方法を、本能的にいつも考えている。

優梨は自室を見渡した。

引っ越し用のダンボールはすっかり片付いている。

夜のうちに洗濯機のタイマーをかけ、朝、洗い終わったものを干して仕事に行く技を覚えた。帰宅して夕食を作り、食器を洗い、洗濯物を畳んでたんすに仕舞う。余裕があれば、炊いた米や野菜、カレーなどを冷凍してストックに回すこともある。

一度できるようになってしまえば、苦労していたのが嘘のようだった。

週末は渋澤に会うからと、無理やり平日に家事を片付けるよう、癖づけた結果だ。

不器用なくらい完璧主義で、完璧にできないと投げ出してしまう。そんな自分の性格が祟《たた》ってつまずく日もあれば、ぴかぴかに片付いた部屋を自画自賛したくなる日もある。

自分の良いところも、悪く見えるところも、コインの表裏のように、ひとつの性格。

そのことに気付けただけ、少し強くなれたような気がした。

（――あ、っと。やってしまった……）

ちょっと調子が出てきたところで、つまずくのも、よくあること。

バッグの中から携帯電話を出そうとして、一緒に経理部の鍵が出てきてしまった。

各オフィスの鍵は、一番最後に部屋を出る者が施錠し、従業員出入り口にある警備室に返却して帰ることになっている。

今日は施錠してから全員でオフィスを出、パーティ会場に移動した。代表で鍵を預かっていた優梨が、帰り際、返すのを忘れたのだ。

うっかりしたのは、知らず知らずのうちに言われたことのショックが響いていたからだろうか。

きれいに受け流せたと思っていたので、少しだけ悔しかった。

携帯電話を操作して、時刻を確認する。

二十二時前。少し遅いが、試泊の準備などで、まだ残業している部署はありそうだ。

夜食の買い出しから戻って来た振りをして館内に入り、少ししてから仕事が終わったような顔で警備室に鍵を返して帰れば、怪しまれることもないだろう。

いつの間にか大宴会場から消えていた凛も、きっとまだ居残って仕事を頑張っている。

ついでだから、なにかしょっぱい菓子でも差し入れに持って行こうか。

そんなことを考えながら、風呂あがりの肌に軽く化粧をし直して、優梨はホテルに向かった。


警備室で社員証を見せ、従業員エレベーターをあがり、婚礼課オフィスの前まで来た優梨は、閉まったドアとかすかに漏れ聞こえてくる声に、ノックを躊躇《ためら》った。

各オフィスのドアというのは、余程のことがない限り、開け放たれているものだ。

閉まっている時というのは、誰もいないか、会議や叱責など、外に聞かれたくない会話をする時に限られる。

（こんな夜中に、会議……？）

凛以外の婚礼課の社員とは、あまり話したことがなかった。それ以前に、仕事で張り詰めた空気のところには、他部署の人間が差し入れを持って入っていけない。

帰ろうと踵《きびす》を返しかけた時、凛のよく通る声が中から聞こえた。

「……最低。高田さんに悪いと思わないの？」

優梨は、自分の名前が聞こえたことに違和感を持って、ドアに耳を押し付ける。

「……今、そのことは関係ないだろう。……凛」

「…………」

「凛を、こんな状態でほうっておけない」

話し相手の声は凛のそれほどは響かず、ぼそぼそとしていて聞き取りづらい。

しかし、過ごした時間の長さだろうか。

ゆっくりと染み込み、甘い余韻を残すその声音が、渋澤のものだとわかってしまう。

仕事の時とは違う。プライベートの時、優梨に対して囁くのと同じように、否、もしかしたらそれ以上に柔らかな声で、渋澤は凛を呼ぶ。

嘘だ、と叫びたいのを呑《の》み込んで、優梨は二歩、三歩と、靴音を鳴らさないように後ずさった。

（市川さん、と……隆さん……）

最初にふたりの仲の良さを羨んだのは、いつだろう。

ともに社交的で頭の回転が速いふたりが話していると、美男美女ということもあって、とても目立つ。誰にも文句が言えないくらい、お似合いのふたりだ。

そういえば、斉藤も、ふたりが一緒に帰宅しているところを見たと言っていた。

（……合点がいっちゃうのが、厭……）

納得してみれば、すべてが繋《つな》がるような気がする。

そうだ、人生とはこういうものなのだ。

だから一時の幸福など信じてはいけないのだ。

立っていられるのがふしぎなくらい、足元の感覚がなかった。

体が小刻みに震える。きっと今は、まともな声も出ないだろう。

乗り込んで行くか、なにも聞かなかった振りをして帰るか、優梨は迷った。

しかし結局、目の前のドアをノックした。

一度この場を離れれば、頭は冷やせるけれど、後で渋澤にどう言い訳されたとしても、きっと自分はわだかまりを残してしまう。

かと言って、なにも知らないという演技を、ずっと通すことができる性格でもない。

ここで白黒をつけるしかなかった。

二股をかけられていたとしても。

向こうが本命で、優梨のことは遊びだったと言われても。

ノックの音に、中から反応はなかった。

優梨はもう一度叩《たた》き、無理やり息を吸って、声を押し出した。

「あの……高田です。市川さん、いるんでしょう……？　開けてもらえませんか？」

中から鍵が開けられる音がするまで、少し時間がかかって焦れる。それとも、待ちわびる気持ちが、時の流れを遅く感じさせたのだろうか。

ドアを開け、出て来た凛に衣服の乱れがなくて、ひとまずほっとした。

「あれっ、高田さんだー。帰ったんじゃなかったの？」

「ちょっと……用事があって、戻って来たから、差し入れでも、と」

「わぁ！　嬉《うれ》しい！」

コンビニの袋に入った、なんてことはない菓子を、凛は笑顔で受け取る。

服は着崩れていないが、キックオフパーティの時は結んでいたはずの髪を下ろしており、化粧もかなり落ちているのが、生々しく女性らしくて、どきりとさせられた。

勇気を振り絞って視線をあげると、ドアの隙間から、オフィスチェアに座った渋澤の姿が見える。

優梨が室内を見ていることに気付いた凛は、言った。

「……入る?」

「ええ。少しお邪魔して、良いですか……」

「どうぞ」

凛が前方を開けてくれるので、優梨は入室した。

歩を進めたところで、凛はドアを再び閉める。

「渋澤さん……」

どちらに、なにを話せばいいのかわからないまま、優梨は口火を切った。

どうして、ここにいるのですか。

東京出張から帰ってきた足で、まっすぐ市川さんのところに向かったのですか。

そう問い質したい気もするが、まだ別に、決定的な場面を目にしたわけではない。

勝手に不安になっているだけという可能性もある。

その証拠に、優梨の姿を見ても、渋澤は焦ることも、弁解することもなく、少し意外そうな表情をしただけだった。

「――高田さん。こんばんは」

「………」

秘書としての如才ない、素っ気なくも思える顔で、渋澤は優梨に挨拶する。

付き合いがバレないよう、職場では他人の振りをして欲しい、と彼に頼んだのは優梨だ。

それなのに、勝手に、不安が膨れ上がる。

凛に向かって、渋澤が、この子と自分はこの程度の関係だ、という振る舞いをしているように見えてしまう。

「高田さん、どうしたの。なにか、言いたいことがありそうだけど……？」

黙ってしまった優梨を、凛がいぶかしむように見遣った。

そうだった。部屋に入る覚悟をしたからには、自分で話をつけなければ。

黙っていて、状況が良くなるようなことはない。

誰かが解決に向け、お膳立てをしてくれるようなことはないのだ。

「言っても、いいですか……」

渋澤に向かって、許可を乞う。

判断がつかないのか、渋澤は黙っていた。

事前の打ち合わせにないことを勝手に話し、彼に迷惑がかかることを恐れたのだが、こうなってしまうと、自己判断に頼るほかない。

以前、周りに関係を知られたくないと伝えた優梨に、渋澤は、望むようにすれば良い、と言っていた。

その言葉を信じよう。自分の望むように、しよう。

そう決める。

「市川さん。今日、話した、私の好きなひとって、……彼なの。渋澤隆さんのことが、好き。だから、その彼と、他の女の子が、ふたりきりで密室にいるのを知って、どういうことか確かめたくて、ノックしたの。突然、ごめんなさい」

「……優梨」

「すみませんが、渋澤さんは、なにも言わないでください。まずは、市川さんに確認したいの。気持ちごと」

優梨は、口のうまい渋澤にうまく事態を丸め込まれるのを危惧し、先手を打った。

凛は血走った目を、優梨にだけ向けている。

ひっそりと両手の拳を固めて、怒りを抑えきれないというように、震えている。

自分の取った行動は正解だった、と優梨は思う。

凛もう、言いたいことと感情とで、手いっぱいなのだ。

ここは、女の子同士で、きちんと話をつけなくてはならない。

「……私の気持ちって、なに？　高田さん」

美人の睨《にら》み顔は壮絶だ、と思いながら、優梨は凛の視線を真正面から受け止めた。

「付き合うことになりました、だから祝福してください、って言いたいの？　厭《いや》。全然賛成できない。……全力で邪魔する、って、言ったら、どうする？」

「……市川さん……」

「優しい、優しい、高田さん。ふたりの幸せの陰で私が泣くことを知っても、まだ、わがままな恋なんて続けるの？　続けられる？」

凛は、長い巻き髪をばさりと背中に流した。

目尻に笑い皺《じわ》が刻まれる。くまのある目元を強く擦ったのか、剝げたマスカラがこびりついた様子が痛々しかった。

そうさせたのが自分だとしたら、とても申し訳ない。胸が痛む。身を引くべきなのか、という、殊勝げな考えも浮かぶ。けれど。

「凛、やめるんだ。優梨に当たるな」

「渋澤さん」

感情を爆発させる寸前という状態の凛を見かねてだろう。渋澤が口を挟んだ。

しかし優梨は、言葉と視線、そして手の動きで、それを制する。

傷ついたり傷つけたりするのが怖くて、逃げ回っているだけでは、絶対に幸せになどなれはしない。自分から、取りに行くのだ。

そう決めた優梨は、凛に向かって、はっきりと告げた。

「……市川さんを泣かせるのは辛いけど。私も本気だから、ここで引けない」

「……っっ……許さないっ！」

ぐん、と勢いよく身を乗り出してきた凛に、優梨は反射的に目を閉じる。

殴られることを覚悟した。

しかし。

「…………？」

ぎゅっ、と肉感的な感触が押し付けられ、驚きで瞼が開く。

気付けば、力いっぱい、凛にハグされていた。

「……って言いたいっ。うわーん、こんなばか兄のどこが良いのよー！　高田さんの見る目なしー！」

至近距離で喚《わめ》かれ、耳が痛い。

否、そうではなく。

戸惑いの視線を渋澤に向けると、彼は頭痛をこらえるようにこめかみを押さえ、言った。

「兄妹」

「……きょう、だい」

「わーん、やだやだやだー。お兄になんて渡したくないっ。最初に高田さんに目をつけたのは私なのにっ。同年代の同性の友達なんて初めてできたのにっ……！」

「なにも友達付き合いをやめなさいなんて言ってないだろう。大体、その友達が固まっているよ。凛」

「…………。きょうだい……」

自分に抱きついたままの凛と渋澤の顔を、優梨は交互に見た。

漢字で書くと、兄弟。否、凛は女性だから、弟ではなく妹だろう。

「……兄と妹⁉　渋澤さんと、市川さんがっ……？」

ようやく事態を呑み込めた瞬間、優梨のもとへ、羞恥や後悔やいろいろな感情が、一気に降りかかって来た。


「兄というか、八つ当たりのサンドバッグというか……」

「ふんっ。こどもじゃないんだから、厭ならほうっておいていただいて結構ですよーだ」

とりあえず、落ち着いて話をしようという渋澤の発案で、婚礼課のオフィスチェアを部屋の角のスペースに三つ寄せ集めて、座った。

とは言え、優梨はまだ、衝撃から抜け出せずにいる。

（まさかそんな、と言いたいけれど、密会の言い逃れにしては突拍子がなさすぎて、逆に信じるしかない……）

渋澤が給湯室で入れてきたコーヒーを飲んで、少し気持ちが落ち着いたらしい凛は、くるりと椅子の向きを優梨に向けて補足した。

「あ。市川は母の旧姓ね。私が高校生の時、両親が離婚して、私は母に引き取られたの。父は高田さんもご存知のアレ。たつみん。選択の余地なしって感じでしょ？」

「優梨が困るから、同意を求めるんじゃない。……名字が違うし、あまり表沙汰にしていないから、優梨が勘違いするのは無理もないけど。その誤解をわざと炎上させる必要はなかったんじゃないのか、凛……」

「だってだって、仕事終わんないし、上司ムカつくし、唯一の癒しである高田さんもお兄も私から離れていくと思ったら、孤独で胸が締めつけられるぅ」

「少し愉しんでいなかったか？」

「えへ。あんなシチュエーションに遭遇できるの、一生に一回だと思ったら、つい」

「優梨に謝りなさい。凛」

「片想い中のお兄に脅されてスリーサイズ吐いてゴメンネッ」

「……凛」

出張帰りで疲れた様子の渋澤と、そんな渋澤をおちょくるような口調で翻弄する凛を、優梨は交互に見る。

少し色素の薄い、髪の色、瞳の色。

整った顔立ちも、言われてみればわかる程度には、似ているのかもしれない。

（気付かなかった私も悪いけど……。もっと、平和的な方法で知りたかった……）

ジェットコースターのようだった感情の乱高下に疲れて脱力していると、渋澤に心配そうに覗き込まれた。

「大丈夫？　優梨。びっくりさせて、ごめん」

「もう。謝るところが違うって、お兄。高田さんはお兄が東京でお見合いしたこと知ってるんだよ。彼女である自分に黙って……。そっちの方がショックに決まってるじゃない」

「……そうなのか？」

凛の言葉を受けて、渋澤は問う。

優梨は、黙って頷《うなず》いた。

平気な振りはしたが、確かにショックではあったのだ。

「ほらね。女心のわからないお兄様ったら最低。さすがたつみんのＤＮＡ」

「仕事だって聞かされて、会わされた女性とその母親とお茶を飲んで話して、あとは断るだけの行為のどこに、後ろめたさや申し訳なさを感じろと……？」

「茶《ちゃー》したとこー」

「お茶だけで？　親の策略でも？」

「彼女を不安にさせたなら、それは罪です。お兄様」

「……それもそうだ。ごめん、優梨」

「いえ……」

「ほら。元気ないでしょ？　かわいそうな高田さん。キックオフパーティで、たつみんにまで虐められて」

本当は、凛と渋澤の、息の合いすぎた会話のテンポについていけないだけなのだが、渋澤は大真面目に凛の言葉を受け取り、顔色を変えた。

「——本当に？　なにを言われた？」

「いえ、別に、たいしたことは……」

「そうそう。ほんとーにつまんないこと。恋愛結婚の末、嫁に出て行かれたバツイチ中年の、しょーもないひがみ」

「市川さん」

驚き疲れていた優梨は、それでも目を瞠《みは》った。

あの威厳のあるGMに向かって、こんな口を叩けるひとは、ほかにいないだろう。

兄の渋澤すら、困った顔をしている。

「凛、仮にも親に向かってその言い方は……」

「へへーん。お兄と違って、私、全然あのひとのこと怖くないから。たつみんがママに送った復縁願いのお手紙、押入れから発掘してさ。全編ポエム調ですっごい面白かった。あれを社内メールで流したら、どんな顔するかなあ？」

「やめておきなさい……大変なことになる」

「もちろんよ。でも、自分が妻とうまく行かなかったからって、他人の未来までとやかく言う資格はないでしょ。あんな男、気にすることないからね、高田さん！」

「……あ、ありがとう……」

「どういたしまして。もしお兄の頼りなさに愛想尽かして別れることになっても、私とはずっと仲良くし続けてね！」

「縁起でもないことを言うんじゃない。別れません」

凛はさんざん喋りたいことを喋った挙句、「いい加減仕事するのでカップルは帰ってください！」と、ふたりをオフィスから追い出した。

仕方なく、今度こそ警備室に経理部の鍵を返却して、優梨と渋澤はホテルを後にする。

従業員出入り口を出た後、どちらともなく、横並びで歩き出した。

誰かに見られるかな、と少し危惧したけれど、もういいか、という気持ちも優梨の胸の中にある。

渋澤との関係は、凛にも自分から伝えてしまったし、ＧＭもＲＭもとっくに知っているのだ。

「ごめん、優梨。今更かもしれないけど。うちの妹……いろいろ……強烈な子でしょう」

優梨の歩幅に合わせながら、言葉を選んで話しかけてくるのは、いつもの渋澤だった。

凛と話す時、別人に見えることがあったのは、あれが対家族用の顔だったからだ。

わかってしまった後となっては、自分の空回りがただ恥ずかしい。

女の勘、という言葉はよく耳にするが、意外と当てにならないものだと思う。

「いえ……なんだかいろいろあった一日で、目まぐるしかったですけど。市川さんには、普段からお世話になっているので」

「凛があんなに同性の友達に懐くのは珍しいから、びっくりした。昔から交友関係は広かったけど、特定の友達ができづらい子だったから」

「……だったら、嬉しい。私も、親友なんて、ずっといなかったから。だいぶストレスが溜《た》まっているみたいだったから、心配だけど」

「うん……」

「ひとりで残業していることも多いけど、市川さんの上司とか、同僚の方は、仕事を手伝ったりしてくれないのかな……」

「それは、ないだろうね」

「ないんですか」

渋澤に断言されて、驚いた。特定のひとりに業務が偏っているのは、課として健全な状態ではないように思うのだが。

「表向き上司ひとりの部下ふたりだけど、結構あそこはシビアな関係性だよ。実質、上司と同僚がタッグを組んでいて、背中を向けられた凛は孤軍奮闘」

「……そんな。まるで、虐めみたいじゃないですか……」

「そうじゃないよ。あそこは実質、営業だから、個人成績がすべてで、チーム戦じゃない。……婚礼課は、立ち上げには人数が必要だけど、オープンしたら、実は三人も常駐社員は必要ないんだ。本土のホテルほど、毎週末、婚礼が入るわけじゃないし、見学客も頻繁に来るわけじゃないから。旅行会社への売り込みなんかをする東京事務所を立ち上げようって話もあるけど、東京のシティホテル『ヴィネタ』に兼任してもらう方がコストはかからない。このご時世、どうしても人件費は切り詰めがちになるからね。管理職のマネジャーと中堅の凛、新卒の地元の子。一番不要な人間がひとり、東京に行かされるか、他の部署に異動させられる。そちらでもめざましい結果が出せないようなら、クビもあり得る」

「……クビ？　そんな……」

話を聞いているだけで、きゅっ、と胃が竦《すく》みそうだ。

「凛はブライダルの仕事にやり甲斐《がい》を持っているし、家族を養わなければならないマネジャー女史だって、キャリアは長く、譲れないものがあるだろう。凛は父親の威光がある分、若干、社内調整が有利ではある。でも結局、本社が見るのは、叩き出せた数字だ。凛が得意なのはブライダルフェアなどの全体企画。マネジャーが得意なのは顧客獲得のノウハウで、新人教育にもそれを生かしている。……足の引っ張り合いのようなことはないけど、助け合って人間関係でどうこうという部署じゃ、最初からないんだよ」

「……過酷……なんですね」

そんな一言では片付けられないが、ほかになんと表現して良いかわからない。

常に心が休まることがない、綱渡りの状態だ。

凛は確かによく仕事の愚痴は言うけれど、そういう話は一切しなかった。しても仕方ないと思っていたのだろう。だから、凛の大変さを本当にわかってあげられていたか、優梨には自信がない。

（もっと、優しい人間になりたいな……。自分のことでいっぱいいっぱいになるんじゃなくて。ひとの大変さに、気付けるようなひとになりたい）

凛はことあるごとに優梨のことを「優しい」と言ってくれたが、本当の意味で、その評価に相応しい行動が取れるようになりたい、と思う。

（このひとにも……たくさん、優しいものをあげたい）

隣を歩くひとを見上げた。

飛行機に乗ったせいか、後ろ髪の一部が少し跳ね、いつも皺ひとつないスーツが、心なしかくたびれて見える。

結果を問われる過酷な職場で、ＧＭのこどもとして、内外から厳しいジャッジの視線を向けられているのは、彼も同じだろう。

ＧＭと名字が同じ分、矢面に立たされることは多いかもしれない。

（隆さんにあげられる人間になりたいな。癒しとか、安らぎとか、愉しい時間とか）

見つめていると、立ち止まった渋澤が、ぽんと頭を撫《な》でてくれた。

考えていることに反して、優しさを受け取ってばかりの現状だ。

少しずつでも、できることを増やそう。そう思う。

「深刻な顔しなくて良いよ。日本の終身雇用だって綻《ほころ》びが出ているし、外資では実力が認められれば、若くても実権を握れる。返ってくるものも大きい。僕は好きだよ。人事評価を、父親の威光と無関係に受け取れるこの会社が。……凛だって、就職活動で痛い目を見て、GMに頼ってしまったんだから、多少苦労するのは仕方ないこと」

「……そうですか」

「大変なのは、皆同じ。……っと、結局ここまで連れて来てしまった。アパートに送るか、きちんと最初に訊《き》けば良かった。今日はだめな日だな……」

「いえ、大丈夫ですよ……」

話しながら、いつの間にか渋澤が借り上げているヴィラの前まで来ていた。

「どうする？　寄って行く？　前から話していた通り、しばらく試泊の本部に詰めるようになるから、土日の出勤が増える。明日も、朝からひとりにしてしまうけど、それでも良ければ泊まっていって」

ホテルからヴィラは徒歩十分程度。優梨のアパートまでは、せいぜい十五分強というところだ。『ヴィネタ』の従業員のほかは、昔からの住人がほとんどで、島の治安は良いので、女性が夜ひとり歩きしても、問題はない。

ここで渋澤と別れて、家に帰ることもできるが――どちらが彼にとって、より良い選択だろうか。

「出張から戻られたばかりで、お疲れでしょう？　明日に備えて、今日は早く休んでください」

「疲れを取るなら、大切な女の子を抱き枕にするのが、一番有効なんだけど」

「…………。私がさびしがってないかと、気を遣って言ってくれてませんか？」

「……僕の出張中、さびしかったんだ？　優梨」

「それは、……そうです。でも、四六時中一緒にいなきゃだめってタイプでもないので、お気になさらず。隆さんの体が空く時、またいつでも会ってください」

「…………」

「強がりじゃないですよ。もう、あなたの前で、気持ちに嘘ついたり、無理したりは、極力しないようにします。さびしくて仕方なくなったら、ちゃんと言います。素直になれって、隆さんが、言ってくれたから」

「嘘偽りない素直な僕の気持ちとして、今すぐ優梨を抱き締めたい」

ストレートな言葉で欲しがられ、それでは、と優梨は納得した。

「……じゃあ、お邪魔します」

「もうね……住み慣れていた筈の東京の空気が肌に馴染《なじ》まなくて。雨は埃《ほこり》っぽいし、通行人は忙しないいし過密だし、スケジュールは細かいし、商談相手はねちっこいし……」

渋澤はソファで優梨を後ろ抱きにして、髪や首筋にキスを降らせながら、珍しく溜め息を吐いている。

ヴィラの中に入った時の、ジャケットとネクタイの脱ぎ捨て方を見るに、かなり疲れているのだろう、と推測できた。

「極めつけが騙《だま》し討ちの見合い——こちらに帰って来てみれば、身内が暴走しているし。本当に……。うちの家系は、皆、好き勝手がすぎるんだ……」

「お仕事、よく、頑張りましたね」

優梨は体を捻って後ろを向き、精一杯、優しい口調で言ってみる。

励まそうと思ったのだが、渋澤は優梨の顔を見て、更に重い溜め息を吐くと、体重をかけて寄りかかってきた。

「……罪悪感」と

「なんですか」

「年下のかわいい恋人の耳を、愚痴で汚すなんて……」

「歳なんて、良いじゃないですか。吐き出してくださっ……ん、もう」

言葉を止めるように唇に、そして耳のふちにキスをされ、腕や背中の感触を確かめるようにまさぐられると、慈愛の気持ちを邪魔するように、体温が快楽を求めて這《は》いのぼってくる。

「あ……んっ……隆さん、そうじゃないでしょう……」

「こうしたかったんだ。ずっと。息が、詰まって」

「……はい」

「優梨に、触りたかった。この感触。匂い。体温。声。……落ち着く」

「…………」

疲労の滲《にじ》む声で言われると、どれだけ邪な箇所を触られても、抵抗する気が起きなくなってしまう。渋澤の掌がふにふにと服の上から胸を揉《も》んでも、膝から太腿《ふともも》を這い上がって来ても、だめ、と言えなくなる。

「砂漠でオアシスに辿《たど》り着いた、みたいな……」

「……そんなに、ですか」

「そんなに、だよ。もう離れられない。僕の楽園」

大げさなことを素面で言って、唇に蕩《とろ》けるようなキスを仕かけた後、渋澤はふいになにかを思いついた顔になって、優梨の瞳を覗《のぞ》き込んだ。

「……そうだ。思い出した。このヴィラ、ひとつ、出張前と変わったところがある筈なんだ。なにか、わかる？　優梨。ヒントはね、明日から試泊が始まる」

「えっ……わかりません」

「来て」

強引に立ち上がらされて、手を引かれる。

連れ出されたのはヴィラの庭だった。

渋澤が電気をつけると、真っ暗な中に、蛍光色のようなとろりとしたブルーの四角形が浮かび上がる。

「プール……！　水を張ったんですね……！」

「こうして見ると、いよいよ完成が近づいてきた感じがするね」

「はい……」

幻想的に蒼《あお》く輝くプライベートプールの水面と、その明かりに照らされる白いパラソルや亜熱帯植物に見惚《みと》れていると、ふいに目の前で大きな水音と水飛沫《みずしぶき》があがった。

「隆さん⁉」

「……ぷは。冷たくて、きもちいい」

プールに飛び込んだ渋澤が、濡れた顔をシャツの袖で拭う。

「なっ、なにして……隆さん、お洋服を着たまま泳ぐと、事故になりやすいんですよ……！　早く、あがって……」

「優梨も、おいで」

水深は浅めで、渋澤のみぞおちの下までしかないが、濡れた衣服に手足の自由を奪われれば、浅くても溺れる可能性は充分ある。

優梨の心配を他所に、渋澤は笑いながら手を伸ばした。

水を吸ったシャツが腕に貼り付いて、ごつりとした輪郭と肌色を透かす。

雫《しずく》を纏《まと》わりつかせた、屈託のない笑顔も、セットが乱れた髪も、ひどく魅惑的なものに見えた。

「クローゼットの水着に着替えて来てもいいから、おいでよ。明日以降は他のヴィラも埋まるから。ひとの気配を一切気にせずに堪能できるのは今日限りだ」

「…………」

溜まった疲労のせいで、理性のねじが飛んでいるのかもしれない。

ばか、と背中を向けても良かったが、立っているだけで汗が噴き出すような外気に置き去りにされた優梨も、ぎりぎりのところで誘惑に負けて、半袖カーディガンとストッキングだけ脱ぎ落とすと、足から水に滑り込んだ。

たぷん、と、冷たい水の感触が体を包み込む。

「あれ。優梨までそのまま入るの」

浮力がかかるのか、布の重みや絡み付く感覚があるものの、想像ほど服に拘束されるような感じではなかった。

しかし、着ているシフォンスカートが、くらげのようにふわりと水面に浮かぼうとするので、両手で押さえる必要があって、かなり不自由だ。

「……み、水着を着るほどでは。ちょっとだけ。すぐ出て、休みましょう、隆さん、お疲れなんですから」

「ふふ」

渋澤は両手を広げた仰向けの体勢で浮かび、水を掻《か》いて遊んでいる。

まったく、お行儀が悪いこどもみたい、とあきれるが、自分もたいして変わらないことに気付いた。

きっとひとに見られたらお説教されてしまう行為。いけない共犯者だ。

表面だけ取り繕うのがうまくて、内面は大人になりそこねたようなところが、自分たちは似ているのかもしれない。

「疲れなんて忘れた。愉しい」

泳いで近づいて来た渋澤に抱きつかれ、ぱしゃ、と水飛沫があがる。

互いに濡れた衣服を纏わせながら抱き合うと、水の冷たさとその奥の体温がふしぎな感じで混ざり合って、着衣とも裸とも違う感触に、ひどくどきどきした。

耳が、渋澤の胸に押し付けられている。

固い筋肉の奥からとくとくと、力強い心音が響いてくる。

「……私も。こんなこと、お行儀が悪いって、わかっているのに……。愉しい」

「愛してる、優梨」

プールの中で、何度も何度も、キスをされる。

心臓が高鳴って、おとなげないことをしている罪悪感も手伝って、頭がぼうっとした。

柔らかい唇同士が何度もくっつき、離れ、ほぐされ、溶けていく。

ほんの少し混ざる水の味も、塩素の匂いも、優しく降り注ぐ月明かりも、今は自分たちだけしか知らない。特別な夜が、更けてゆく。

「……く……っっ……。はぁっ……、だめ……」

「優梨」

「みっともない……。少しは運動しないと、私……これは」

水の中で追いかけっこをしたり、捕まって縺《もつ》れ合ったり、ひとには話せないような恋人同士の時間を過ごした後、ようやくプールからあがろうとしたところだった。

優梨はプールサイドのふちに手をかけて、体を持ち上げようとしたが、二の腕がぷるぷると震えるだけで一向にうまくいかない。重みでプールの中に引き戻されてしまう。

苦戦している優梨の横で、同じように水遊びしていた渋澤は難なく自分の上体を水上に引き上げ、半身を捻ってプールサイドに座った。筋力差が恨めしい。

「手伝ってあげようか」

「……いえ。あちら側に行って、手すりを使ってあがります……」

愉しそうに提案する渋澤に背中を向けると、背後で再び水音があがる。

背中から抱き締められると、そのまま逞《たくま》しい胸に寄りかかってしまいたくなるくらい自分の体が重い。やはり、着衣水泳というのは、相当、体力が削がれるようだ。

「もう、体がだるくて泳げないくせに。服が濡れて重くなったんだよ。脱がせてあげる」

「…………」

そんなことは百も承知だが、実際、今の状態で反対側まで水中を歩いて行くのは、骨が折れる。

手助けがありがたいため、言葉を呑み込み、おとなしくプールサイドに連れ戻された。

「手をあげて」

「はい」

こどものように両手をあげて、インナーを脱がせてもらう。

ついでにブラジャーのホックを外されたので、手を下ろして肩紐《かたひも》を抜き去った。

水中にあるスカートを完全に脱ぐのが、また大変だった。

恥ずかしいなどと言っていられず、足を使ってしまいながら、なんとか纏いつく布を体から離し、プールデッキに押しやる。

大仕事を終えて、ふうっ、と息を整えていると、不埒《ふらち》な視線を感じた。

「……なんですか」

「疲れて、凝ってるみたいだから、マッサージしてあげる」

渋澤は優梨の両胸に手を伸ばし、揉みほぐし始めた。

「そ……そんなマッサージ、なんて……」

赤面してしまうが、巧みに背中の肩甲骨から腋下《えきか》を通るように揉まれると、確かに、筋肉疲労から来る凝りがほぐれてきて、気持ちがいい。

と思って油断すると、指の間からこぼれた頂きの先を、きゅっと捻られ、甘い声がこぼれた。

「ん……ゃっ。もう……やっぱり……」

「優梨が悪いんだ。普通にマッサージしているだけなのに、ここ勃たせちゃって」

「……濡れた下着の、裏地が擦れて、たから……」

それに、見られているから。

しかしなにを言っても、恋人同士の間では、言い訳にならない。

「ふうん？　……ああ。柔らかい……」

渋澤が、陶然とした声を出す。

優梨の乳房は半分ほど水に浸かって、揉まれるたびたゆたゆとかたちを変えていた。

水中での愛撫は、いつもとは感覚が異なる。

冷えた鎖骨の辺りを唇でくすぐられると、なんとも言えないぞくぞくとした感触がした。

「あ、ん……」

胸全体を下から掌で掬《すく》い上げ、渋澤はそこだけ色の違う突起を、舌を出して舐《な》める。

舌先で細かい振動を与えられ、舐《ねぶ》られ、味わうように吸われると、少し前から凝ってい
た敏感な箇所はひとたまりもなかった。びくっと体がしなり、両足の奥で、じわりと、蜜
が滲むのがわかる。

まるで違う味がするかのように、左右交互にたっぷりと口で愛でられ、優梨は顔が水に
沈まないようにプールサイドに縋《すが》りながら、呆然自失《ぼうぜんじしつ》となっていった。

「ふぁ……ぁぁ、もう、……だめ……ぇ……。もう、ぅ……」

ちゃぷちゃぷと、耳のそばで水の音がする。

胸の先端を、熱くぬるぬるした咥内《こうない》で虐められるのと、水で冷やされるのを繰り返され
て、気が遠くなってしまいそうなくらいきもちいいが、意識を手放したら沈んでしまう。

「……ゆたかさ……、隆さん……っ、あ、ぁぅ、もう、胸、だめ……」

「だめ？」

「ひぁぁっ」

じう、と吸われながら舌で押し潰されると、断続的に体が引きつる。

痙攣《けいれん》中に反対側の胸の先まで指の腹で弄り回され、いやいやと涙目で首を振った。

「ひぁ――ああ……、もう、きもちよすぎて……！」

「きもちいいのは、良いことだろう……」

「ちがっ……もう、ヘンにっ……あぁ、ああんっ、痺《しび》れちゃ、ぁぁ……くるし」

溺れることに怯える優梨の体は、快楽に身を委ねきれない。

いつまでも完全に達せないまま、熱に浮かされ、喘《あえ》ぎ続ける。本当におかしくなってしまいそうだ。

力が入らず、水中を掻く片足が、いつの間にか渋澤の腰に絡まっていた。

疼《うず》くたびに、足が相手の体を自らの方へ引き寄せようとする、淫らな求愛行動に、彼は気付きながら、無視している。

「あぅ、ん……胸、いやぁ、もう、……っっ、は、これじゃ、あ、いけないのぉっ……」

「きもちいいんでしょ？」

「きもちい、けど、あぁっ、別の……っ、こっち、もっ……！」

愛蜜が発熱しているかのような、昂《たか》ぶりを湛《たた》えた下半身に、刺激が欲しくて堪らない。

くいくいと、何度か踵《かかと》で腰を押すと、ようやく渋澤はズボン越しでもわかる屹立《きつりつ》を、優梨の足の付け根に押し付けた。

それだけで、目の前がスパークするような快感だ。

「こっちも欲しい？　……これが欲しいの？」

「うう……っ、欲し、……欲しいですっ……」

腰が勝手に揺れて、その箇所に恥ずかしいところを擦りつけようとしてしまう。

しかし、思い通りに体が動かない上、衣服越しで、あまりにまどろっこしい。

「隆さん……っ。お願い、挿れて、くださいっ……」

瞼を開けて懇願すると、渋澤は愛しいものを見る眼差しをして、額にキスをくれた。

「このまま……は無理そうだね。あと少しだけ頑張って、水からあがって」

優梨の体をプールから出すのを手伝うと、渋澤もデッキにあがる。

渋澤が服を脱いでいる間、優梨は四つん這いを崩したような恰好で、息を整えた。

「はぁ……っ、隆さん、早く……」

プールから出ることで体力を使い果たし、指先一本も動かすのがだるい状態だったが、全身を荒れ狂うような快美の熱はそのまま残っている。

欲求を抑えきれずにねだると、渋澤が濡れたズボンを優梨の横に置いた。

「わかった。なにもないから、これ、膝の下に敷いて」

デッキは裸足で歩いても心地良さそうな木製だったが、心遣いに、おとなしく従う。

下着を引き下ろそうとする渋澤にも、腰と膝を持ち上げて協力した。

「足、少し広げられる？」

「はい」

手足を地面についた動物のような恰好で、渋澤に言われるがまま、両足の間隔を開き、秘所を晒《さら》す。期待で襞《ひだ》の奥がひくつくのを、止めることができない。

「……あぁ、あ……っ」

疼いて仕方なかった場所に渋澤の手が触れると、喉からほとばしるように嬌声《きょうせい》がこぼれた。かくりと腕の力が抜け、そこに熱く火照る顔を伏せてしまう。

「そんなに潤んでないように見えたけど、奥はびしょびしょだ。プールの水が入ったわけじゃないいんだろう？」

「ちが、っ、あぁぁ、も、ぉ、いいからぁっ……」

渋澤は、はしたなく晒されたそこを指で拡げながら、顔を近づけ、ぺろりと舐める。

「……ほら、水の味だけじゃない。優梨の味がする。……見られているのが良いの？　どんどん、滲んでくるけど……」

「厭ぁぁ、もう、挿れて……挿れて、ぇ……ひぐ、ぅ……も、壊れる……ぅっ」

じゅぽじゅぽと音を立てて指で蜜を掻き出されるたび、ひんっ、とくぐもった息を吐いて、優梨は泣き言を言った。

なりふりなど構っていられず、高くあげたままの腰を振ってしまう。

「して……してぇ……っ。隆さんと、繋がりたいの……」

「………。まったく。自分がどんな恰好で誘っているのか、わかってやっているのかな、この子は。加虐心に火をつけてどうする……っ」

「あ、あ、……ああ……っ」

脈打つ筋のかたちさえわかりそうなほど、滾り切った肉茎が、秘裂を押し割って入ってくる。ズン、と腹の奥を押し上げるような圧迫感に、一瞬、息が止まった。

「こんなにぎゅうぎゅう締め付けてきて……愛おしいな、もう……」

「ふ……っ、うあ……あ、もっ、入らな……」

「まだまだ」

馴染ませるように前後に動かした後、渋澤は中のものが抜けそうになるくらい深く腰を引き、再び突き入れる。

待って、と縋りつくように収縮する膣壁《ちつへき》を強引に押し拡げ、もう無理と思っていたところより深いところまで押し入ってくる。

「ヒ、っ……ああ……奥っう……太いの……ああっ！　やぁっ！」

「煽《あお》った優梨が悪いんだろう。こんなにした責任、取ってくれる？」

「ああっ……待っ……！」

渋澤は、優梨の腹に手を回し、へたり込みそうな腰を持ち上げて、凶悪に滾《たぎ》らせた楔《くさび》で最奥まで抉《えぐ》る。

腹を滑り落ちた手が恥毛をかき分け、ひときわ敏感な豆粒を拾い上げた瞬間、ものを考えることを放棄させられた。

「ひぁぁっ、ああっ、……いっちゃ……」

熱茎を締め付けてしまいながら、濡れた全身をびくびくと痙攣させた優梨は、虚脱感に身を委ねる間もなく、両腕をぐいと後ろに引かれた。

「ひう……、ん……」

「たくさん達して良いよ。あんなおねだりをされたからには、僕の方は、そう簡単には終われないから」

上半身がしなるような体勢に、体内に埋められたものの当たり所が変わって、はしたなく緩んだ唇から唾液がこぼれた。

楔を打たれたまま揺すり上げられ、腰を逃がそうとしても引き戻され、擦れる刺激すら激しすぎる快楽を生む。すすり泣きのような声が止まらない。

湧きあがる愉悦という愉悦をすべて受け入れるまで許されない、淫蕩な夜が明けるまで、まだ当分かかりそうだった。

エピローグ　楽園で恋をする

ブライズルームでの支度は、二度目になる。

すっきりと夜会巻きにした髪に飾るのは、造花と真珠があしらわれたティアラ、そして二の腕ほどまでのショートベール。

着用しているアイボリーのウェディングドレスは、花モチーフが舞うベアトップが腰のあたりで切り替わり、裾に向かってふんわりと広がっていくプリンセスラインだ。

シックで落ち着いた美を重視した前回とは異なり、夢見るような甘さのロマンティックスタイルとなっていた。やっぱりデモンストレーションは乙女の憧れを表現しないと、と試着の際に凛が強調していたので、そういうコンセプトなのだろう。

つまり、優梨は結局、再び彼女の頼みを聞いて、ブライダルフェアの模擬挙式のモデルを務めることになってしまったのだった。

緊張で、ロンググローブをはめた掌に、しっとりと汗が滲《にじ》んでいる。

コンコン、とノックの音がして、ひとりで椅子に座っていた優梨は顔をあげた。

「失礼しまーす！　用意は……。ああ、これぞプリンセス！　かわいい……っ！」

大げさにのけぞったせいで、凛はブライズルームの壁に頭をぶつけた。

その後ろで、ソファに座って待機している渋澤が、心配そうな顔をしている。

ドレスのせいで体勢を変えづらい優梨は、鏡越しにそれぞれを見遣り、凛を気遣った。

「市川さん、大丈夫？」

「だいじょーぶ、だいじょーぶ！　花嫁さん見て、すっごく元気出た。目も覚めた」

『ヴィネタ』の新ホテルは、試泊期間を経て、開業イベント週を迎えていた。

このブライダルフェアを含むイベント期間が終われば、いよいよグランドオープンだ。

ＴＶや雑誌の取材チームも、特集を組むため、離島まで足を運んでくれていた。

（……本当に、素人の私で、大丈夫なのかな……）

事前にリハーサルは重ねたものの、完全には不安が拭えない。

しかし、この日の準備のために、今週はほとんど寝ていないという凛が気になってしまい、自分の心配どころではなかった。

「伝達。モデルさんは巻きでお支度あがり。市川がアテンドに入ります。牧師様の着替えは――ＯＫ？　了解。オルガニスト、聖歌隊の人数も揃《そろ》っていますか？　では、館内にいらっしゃるお客様に、模擬挙式のご案内を。速やかにチャペルに誘導してください」

凛は腕時計を見ながら、インカム越しに指示を飛ばす。

厚めの化粧とチークで、肌荒れとくまを隠してはいるものの、適度の緊張感を湛《たた》えた横顔はりりしく、兄である渋澤に少し似ているような気もする。

いつの間にか、優梨はその顔に見惚《みと》れていた。

（……ああ。私、ひとの、疲れている顔に弱いのかも……）

東京出張から帰って来たばかりの渋澤にも、そういえば、きゅんと胸疼《うず》く気持ちを覚えたような気がした。

無敵のように思えるひとが、ふいに疲れや傷を覗《のぞ》かせた瞬間、色気を感じる。

そのひとに無性に手を伸ばしたくなる。——抱き締めたくなる。

誰しもそのような気持ちを持ち得るというのなら、優梨はもう、傷のない完璧な人間など、目指そうとは思わない。

今より成長するために、できないことに挑戦してみて、傷ついたって良い。

きっと、その姿を、見てくれているひとがいる。

「さあ、ぶちかましますか、高田さん！」

「はい」

威勢良く言う凛に、優梨は素直に返事をして立ち上がった。

失敗したらその時、だ。

凛にパンプスを履くのを手伝ってもらった優梨は、ブライズルームの隅に置かれた紙バッグに目を遣り、言った。

「市川さん。まだ時間には余裕ある？」

「うん？　ちょっとなら」

「それ、取ってもらえますか？」

「はいはーい」

高い踵《かかと》の靴とボリュームのあるドレスのせいで自由がきかないのを口実に、凛に紙バッグを取ってもらってから、照れを我慢して言う。

「……昼食とお茶なの。ラップで巻いたサンドイッチだから手は汚れないし、小さめだから、フェアの最中でもつまみやすいと思う。……味に自信はないけど、食べてください」

「……え？　私に⁉　高田さんの手作りのお弁当？」

「ほ、ほんとに自信はないけどっ……市川さんの体が、心配だから」

「わぁ……っ、なにこれ、いじらしくて抱き締めたい！　高田さん、花婿なんか捨てて、私と一緒に遠くに逃げよう！」

「それは聞き逃せないな」

立ち上がった渋澤が、優梨の前まで来て、エスコートの手を差し伸べる。

今日の彼は、光沢のあるシルバーグレーのロングタキシードに、チャコールグレーのベストを合わせていた。

以前撮影で白のタキシードを着た際には、どこか軽い雰囲気も漂っていたのだが、今回の衣装では品位と落ち着きが加わって、頼もしい感じに見える。

「逃げずに、僕と結婚してくれるんでしょう、かわいい花嫁さん？　お手をどうぞ」

優梨は目を丸め、くすくすと笑った。

「ふたりとも、気分を盛り上げるのが上手ですね。劇団の役者さんみたい」

模擬挙式はあくまでも本番をイメージしてもらうためのデモンストレーション。

新郎新婦の真似事だというのに、すっかり花婿になりきっている渋澤と、『ぶちかます』などと強い言葉を使ってテンションをあげる凛を見ていると、まるで今から本当の結婚式を挙げるような気分になってくる。

（それも良いか。なりきっているモデルの方が、本物らしい雰囲気が出て、お客様が当日をイメージしやすい気がする）

優梨自身、本物の花嫁気分に浸っている方が、緊張を抑えやすそうだった。

「演技じゃないでしょ。高田さんとお兄は、本当に付き合って……」

「しっ。市川さん。誰の耳に入るかわからないんだから、それは内緒、これは演技です」

「ふうん。ずっとそうやって周りに隠し続ける気？」

「当分は……そうですね。総支配人《GM》や、皆に、私たちのことを納得してもらえるようになるまでは。仕事に支障をきたしてはいけないし」

「僕は知り合い皆に早く優梨を見せびらかしたい気持ちがあるけどね」

「……もう……」

今はまだ、気後ればかりが先に立つ。早く、渋澤の隣に相応しい女性だと認めてもらえるように頑張ろう、と思う反面、どうすればそうなれるのかはまだわからなかった。

特に家格のことなどは、今からではどうしようもない問題だ。

しかし、なんとかなると信じて、前向きに小さな努力を重ねていこうと思う。

渋澤は、いざとなったら独裁者の父親は無視してでも優梨をもらいに行くと言って聞かないが、優梨としては、やはり皆に祝福されながら幸せになりたい。特に、好きなひとの両親に反対されたままでは、悲しいと思ってしまう。

「高田さんったら。お兄が他の女の子とふたりっきりでいたら、妬いちゃうくせに」

「……大丈夫、です」

「本当にぃ？　玉の輿《こし》狙いの女子の罠は狡猾《こうかつ》だよぉ。高田さんが対抗できるかなー。誰もふたりのこと知らないんだよー。高田さんが泥棒猫みたいに噂《うわさ》されるかもよぉ」

「へ、平気……だもの、噂なんて」

取り乱しかけたところを見られた凛には、虚勢が張りきれないのが痛いところだが、

「その辺りは、彼女が不安にならないように、僕がきちんと行動するべきなんだろう？

わかっているよ、凛」

そう、渋澤がフォローしてくれた。


模擬挙式の見学者は全員チャペル内に誘導済みとの連絡を受けて、優梨たちは移動する。

チャペルのドアの前には、スーツ姿の立花と斉藤がいた。

ブライダルフェアはホテルをあげての一大イベントということで、他の課の社員も協力を求められ、動員されている。

それは接客のレクチャーを受けていない経理部も例外ではなく、チャペルのドア係のほか、様々な裏方仕事を買って出ていた。その立花と斉藤が、口々に褒めてくれる。

「わあ、高田さん、きれい」

「渋澤さんも。このままモデルを本業にしても良いくらい」

ドアの前で、せっせと優梨にブーケを持たせたり、渋澤にブートニアをつけたりしていた凛が、そういえば、と思い出したように言った。

「あー……斉藤さん、渋澤さんがモデルって、宣材写真の時は明かせなくってごめんね。カップル写真だからって、GMの箝口令《かんこうれい》が厳しくってさ。愛息子《まな》はまだ独身なのに、世間に勘違いをさせたくないって」

「ああ、そういえばそんなこともあったっけか。やだなー、別に怒ったりしないよ。GM絡みの事情とか、普通、簡単に言えないでしょ」

「というか、斉藤さん、自分の王子様を捕まえて幸せだから。気にしないわよね、もう」

「ええっ、初耳、誰、誰？」

立花の爆弾発言に、斉藤は赤面して頬をかりかりと掻《か》く。

「もう、立花さんたら、まだ付き合い出したばかりだから言わないでって……」

「狭い会社の中のこと、どうせすぐわかるんだから良いじゃない。エグゼクティブシェフのエドウィン・カノウ氏。食いしん坊カップルね。結婚したらエンゲル係数がすごそう」

「おおー。おめでとうございます。結婚式はぜひうちの大宴会場で、特別メニューで」

「立花さんも市川っちも気が早すぎる！　ま、本当、美味しいものさえあれば、ってふたりだから、価値観が近くて楽ちんよ」

「おめでとうございます、本当に幸せそうだった。

照れ笑いする斉藤は、本当に幸せそうだった。

優梨の胸には、祝福の気持ちと、いいなぁ、という気持ちが同時に浮かぶ。

自分たちが、こんなふうに交際をおおっぴらにできるのは、いつのことだろう。

結婚なんてまだまだ実感が湧かないけれど、いざそのことを認めてもらえる日が来るまで、自分は付き合っているひとがいると話すことも、恋愛の悩みを相談することもできないのだ、と思うと、秘密の大きさに、萎縮してしまいそうになる。

「今更だけど、今日は渋澤さんにモデルやってもらって大丈夫なの？　ＧＭも、中でご覧になると言って、入られたけど。特集番組のＴＶのクルーもいるわよ」

「うん、あのー、今日は特別に……ハイ」

「業界人が見たら、あ、渋澤隆さんだ、ってわかっちゃうんじゃない？」

「残念ながら、僕はそれで株価を動かせるような大物じゃないよ」

渋澤の言葉にどっと笑いが起こるが、優梨の表情筋はあまり動いてくれなかった。

心臓がどきどき高鳴って、手に持ったブーケを落としてしまいそうだ。

ＧＭは、今日の模擬挙式の花婿役のモデルが、息子の隆だとは知らない。
先ほど、チャペルに移動する段になってそのことを聞かされ、優梨は耳を疑った。
相手役について誰にも喋《しゃべ》らないよう、事前に念押しされてはいたが、会社の上層部には
とっくに話が通っているものだと思っていたのだ。
「僕たちの交際を知っている父の前に出て結婚式のデモンストレーションをすることで、
あなたの思い通りの結婚などしない、という意思表示をしたいんだ。お客様の目には、演
技にしか映らないだろうけど、父には僕の言わんとするところが伝わるだろう。また見合
い話でも持って来られたら面倒だし、優梨のことは遊びなんかじゃない、本気で守る気が
あるっていうことを、かたちで見せておかないと」
イベントの成否、そして娘である凛の企画遂行力を確かめるため、きっと多忙を極める
ＧＭも、模擬挙式は見に来るだろう。
たとえ来られなかったとしても、取材のＴＶカメラはイベントのハイライトとして必ず
挙式モデルふたりを映すだろうから、後日、必ず、ＧＭの目に触れる。
そう計算して、今回の計画を考えついたらしい。
「……でも、予定と違うことをしたら、市川さんが怒られるんじゃ……？」

「たつみんが仕事の顔を使って圧力かけて来るなら、こっちもあくまで仕事としてとぼけ、ううん、弁明するつもり。モデルをする予定だった男性が急病で来れなくなって、急遽《きゅうきょ》私から兄に頼みました、ってね」

それで、優梨の仕上げを終えた後、美容師はブライズルームから出て行ってしまったのだ。

花婿役は、髪のセットさえ自分でできれば、化粧も特別な着付けもいらない。一時間だけうまく秘書の業務から抜け出して、タキシードに着替えた渋澤の姿は、優梨と凛しか見ていなかった。

そして、いったん模擬挙式が始まってしまえば、客の手前、途中でストップがかけられることはないだろう。

渋澤の計画の邪魔は、誰もできないと考えて良い。

「……まあ、どれだけうまく弁明しても、怒りはするだろうけどね」

「怒るわよね。怒らせとけば良いんじゃない、ってママが言ってたわ。本当は肝の小さい男だから、たいした妨害なんてできないわよ、って。あの良い子の隆が、親に反抗するなんて、たいした進化だって」

「そりゃあ……。仕事面では尊敬することが多いひとだけど、大切な女の子に失礼なことを言ってくるようじゃ放っておけないよ」

「高田さんが会社に居づらくさせられないように、気をつけないと」

「それは大事だけど。でも、ＧＭは誇り高いひとだから、表だって処遇や態度を変えたり、直属の上司へ圧力をかけるようなことはしないよ。それは、保障する」

――それでも、裏ではなにを言われるか、されるか、わからない。

少なくとも、今まで以上に言動を厳しい目でジャッジされるのは、避けようがなかった。

こっそりと隠れて付き合い続けるのではなく、このような意思表示をするのは、きっと嵐の中に飛び込むようなものだろう。

これまであまり逆らったことがないらしい渋澤は、自由恋愛権をかけて意気揚々と父と戦う気概に満ちていたが、優梨の方はと言えば、自信がない。

柔らかいオーガンジーのドレスは、戦闘服には心許なさすぎた……。

（……ＧＭだけじゃない。全国放送のＴＶで放映されたら、東京の私の両親や友達にも見られる可能性がある。……元職場のひとも、もしかしたら、見るかも）

そちらの方は前々からわかっていたことだし、モデルとして勤め先に協力しただけだと言えば済むことだ。

元職場のひとたちなんて、二度と会うこともないだろう。

噂をされたところで痛くも痒《かゆ》くもない。

――だから震えないで、手。

自分に言い聞かせていると、屈んでドレスのトレーンを整えていた凛がインカムに耳を傾け、顔をあげた。

「うわ、開式の辞がもうすぐ終わりそう。入場です。立花さん、高田さんのベールを下ろしてもらっていいですか」

「はいはい」

立花の手でフェイスベールが前に垂らされると、チュールの白が優梨の視界にふんわりと覆いかぶさる。

目に映る世界が、少し優しい色に変わった。

（……花嫁さんだ）

宣材写真の撮影の際は、前垂れのないマリアベールを使ったが、やはりフェイスベールには、譲れない憧れを持っている。

今、幼い日に夢見た通りの『花嫁さん』の姿をしているのだと思ったら、少しだけ心拍が穏やかになった気がした。

「えー、こほん、ただ今、お母様の手によってベールダウンを……」

「こら、誰がお母様よ。こんな大きな娘がいる歳じゃないわよ」

「まあ、まあ。気分出していきましょ。――さあ、花嫁支度、整えていただきました。花嫁のベールは、魔を払うと申します。新郎新婦様、チャペルのドアが開くまで、そのまま心静かにお待ちください。……じゃっ、市川は先に中入りますねっ」

立花に突っ込まれつつ、口上を述べてから、凛は急ぎ足でスタッフ用のチャペルの出入り口に向かう。

その途中、振り返って優梨と目を合わせ、

「幸運を祈る！」

と、親指を立てた。

勇気づけるような笑顔に励まされ、優梨は、きゅ、と表情を引き締める。

そうだ。

宣材写真の撮影の時のように、後から、もっとちゃんとできたのでは、と後悔したくはなかった。

きちんと凛に、自分に頼んで良かった、と思ってもらえる働きがしたい。

今日の優梨の仕事は、本土からわざわざ足を運んでくれた、将来の『ヴィネタ』のお客様に、憧れの気持ちを覚えてもらえるような花嫁を演じ切ることだ。

渋澤とのことは、今考え込んでも仕方がない。

なるように、なる。してみせる。

「緊張していますか?」

チャペルのドアを睨《にら》んだところで、右側に立つ渋澤が、そっと声をかけてくれた。

立花と斉藤がいる手前、ふたりきりの時より他人行儀な問いかけだったが、短い言葉の中に、隠された気遣いの色を読み取れる。

嬉《うれ》しくなった優梨は、深呼吸をした後、柔らかい満面の笑みを返した。

「……いえ。愉しもうと思います。渋澤さん。よろしくお願いします」

分厚い防音ドアの向こうから、壮麗なオルガンの音がかすかに漏れ出る。

ワーグナー作曲、『婚礼の合唱』——通称、『結婚行進曲』。

短いイントロの後、立花と斉藤がタイミングを合わせ、重たいドアを引く。

ゆっくりと開いた扉の隙間から、ピュアホワイトの光が溢《あふ》れて、目に刺さった。

優梨と渋澤は、純白のバージンロードに同じタイミングで踏み出して、ガラスの聖壇に向かって進んで行く。

「……あなたは、この男性と結婚し、夫婦となろうとしています。あなたは、健やかなる時も、病める時も、富める時も、貧しき時も、このひとを愛し、敬い、慰め、助け、その命の限り、堅く節操を守ることを誓いますか？」

「――はい。誓います」

優梨の声が、静まり返ったチャペルに響く。

「それでは、指輪を交換してください」

続く牧師の言葉に、壁際に控えているアテンドの凛が、優梨の横まで進み出た。

（まず、市川さんにブーケを預けて……。ロンググローブは、腕のところを半分に折り返してから、小指から順番に一本一本引っ張り抜いて……最後に脱ぐ時は、グローブを引っ張るんじゃなくて、曲げた腕を後ろに引く、と……）

カメラ映り良く、美しく見えるよう、何度も練習した流れだ。

しかし大勢の視線に晒《さら》されている緊張で、つい動きの順番を忘れてしまいそうになる。

優梨はロンググローブを脱いだ手を、向かい合った渋澤に差し出した。

左手の薬指に、結婚指輪をはめてもらい、渋澤の指にも同じものをはめる。

指輪を取り落とすことも、指の関節に引っ掛けることもなく、難所をやり遂げることができた優梨は、少しほっとしていた。

指輪をはめた手を披露するために参列者の方を向くと、会場の後列に、いかにも関係者と思しき重い色のスーツの一団があるのが、ベール越しに見える。

視線が刺さるような気がしたが、無視して背筋を伸ばし続けた。

（撮影の時に習ったように、左右の肩甲骨を寄せるようにして、姿勢良く、堂々と……。ここまで来たら、あと少し。もう少しで終わるのだから、集中して……）

祈るような気持ちで自分に言い聞かせていると、牧師が言った。

「それでは、新郎、新婦のベールをあげてください。誓いのキスを」

来た、と思う。

これが終われば、あとは牧師による結婚成立宣言、讃美歌《さんびか》合唱、祈禱《きとう》。そして退場だ。

緩みそうになる気を引き締めてから、優梨は再び渋澤の方を向くと、体の前で軽く手を組み、足を半歩引いた。

背筋と首筋は伸ばしたまま、膝を折って、ベールアップの瞬間を待つ。

フェイスベールに指をかけられると、本当の結婚式ではないにもかかわらず、胸が高鳴り、厳粛な気持ちになった。

（魔を払うベール……。だけど、結婚相手の前で、花嫁はそれを脱ぐんだ。脱いで良いんだ——）

優梨も、そうだ。

ずっと他人との間に、ベールのような壁を作って、悪いものに取り込まれないようにして来た。

しかし渋澤の手で、その壁を払われ、恋人同士となったのだった。

視界にかかっていたチュールをゆっくり持ち上げられると、世界がありのままの色を取り戻す。

優梨が一瞬の上目遣いをした際、愛しいものを見る表情の渋澤と目が合い、慌てて視線を伏せた。

（もう……。これはデモンストレーションなんだから。演技して、隆さん……！）

ベールアップの所作に、感情を入れ込んでいる様子の渋澤に、優梨の方までどきどきし始めてしまい、堪らなくなる。

渋澤が一歩踏み込んだ。

ふたりの距離が近づく。

優梨の頭の後ろにベールを下ろして、めくれを整えた手が、優梨の二の腕を包むように持った。

馴染《なじ》んだあたたかな体温に体を起こされ、優梨は主導権を委ねるようなうっとりとした心地になり、キスの瞬間を待ち焦がれる。

とは言っても、モデルという建前上、頬に「している振り」のキスだが。

いつか、目の前にいる彼と、本番を迎えたいな、と思う。

そしていよいよ、伏し目がちな渋澤の顔が近づいてくるにあたり、優梨は瞼《まぶた》を閉じた。

挙式のハイライト・シーンなので、照れに負けず、五秒は「している振り」の姿勢をキープするように。というのが、凛の厳命だ。

心臓が痛いくらいどきどきしていて、恥ずかしいけれど、耐えよう。

そう覚悟を決めて、練習通り顔を傾けた優梨は、唇に触れた柔らかな感触に、呼吸を止める。

「…………」

五秒とは思えないような——もしかしたら五秒以上触れていたのかもしれない、長い、長い体感時間の後、ようやく、唇から感触の離れていく気配がした。

（——ゆ……隆さん……？）

優梨は呆然《ぼうぜん》として瞼を持ち上げる。

今、なにが起こったのだろう？

思考停止に陥ってしまいそうだけれど、とんでもないことが起こったのでは、ないだろうか？

「……あ。ほんとにキスした」

「しっ。カップルのモデルだって」

列席者の席から、ブライダルフェア参加者の囁《ささや》き声が聞こえてきて、――やっぱり？と優梨は硬直してしまう。

（私の勘違いじゃ、なく……？　な、なにするの、このひと……？　なにが起こったの？）

しかも、優梨が怖くてけっして見遣れない方向に向かって、敢えてのように、渋澤が視線を流すのが見えた。

（じ……ＧＭの方、見た、このひと）

大胆不敵に。

まるで、宣戦布告のように。

優梨の皮膚には、会場内の一部から発せられる不穏な空気が、びんびんと伝わってくる。

――この模擬挙式が終わったら、どうなるのだろう。

──自分たちはどうなってしまうのだろう。

打ち合わせになかった勝手な行動に、優梨はくらり、と眩暈《めまい》を感じる。

(意思表示……って……こういうこと……⁉)

人目がなければ、間違いなく取り乱していただろう。

しかし、模擬挙式はまだ続行中だ。

怒ることも、泣くことも、逃げることも、できない。

半分呆然自失となったまま、練習通りに牧師の方を向くと、ふたりの結婚成立が宣言されるのに合わせ、聖壇の向こうにある白カーテンがするすると開いていった。

ガラス張りの窓の先に、コーラルブルーの美しい海と白浜が広がる。

とてもきれい。

ああ、これこそ、楽園の光景だわ。

現実逃避で外の青に見惚れていると、讃美歌のイントロが流れ始めた。

荘厳な音色に、少しずつ、乱れた心が落ち着いてゆく。

(……まったく、このひとったら……。なんて厄介な──私の居場所)

これから前途に待ち受ける困難を思いながらも、心配が一周回って開き直ってしまったのか、優梨の心はふしぎと吹っ切れて、晴れやかだった。

（このひとと、一緒に）
健やかなる時も、病める時も、富める時も、貧しき時も。
いつまでも。
ふたりの居場所を、いつかこの島に勝るほどの、常夏の楽園にするために。

あなたと、たくさんの熱い恋をしよう。

あとがき

こんにちは、栗谷あずみと申します。このたびは、『楽園で恋をする　ホテル御曹司の甘い求愛』をお手に取っていただき、ありがとうございます。

本作は２０１２年にパブリッシングリンクの電子レーベルで配信していただいた、私のデビュー作です。今回、文庫化のお話をいただいて大幅に手を入れ、タイトルも変更しました。後に、別のお話でも登場させてしまうくらい思い入れのある渋澤と優梨のお話を、このようなかたちで、みなさまにお届けすることができて嬉しいです。


ヒロインの優梨は、私のイメージする「等身大の二十三歳」です。

明るく可憐、職場のムードメーカーで、実は料理上手……、というふうな像には程遠い、まだまだ至らないところのある臆病な子ですが、転職先のホテルで出会った御曹司、渋澤と恋に落ちて、少しずつ変わっていきます。

思い悩みを抱えた女の子が、ある瞬間、ふっと心を楽にできて、しあわせに向かって歩き出す、そんなお話を目指して書きました。たのしんでいただけますように。

イラストは電子版から引き続き、上原た壱先生に担当していただきました。上原先生の、悶えるほど色っぽいのにどこまでも端整な、キャラクターの指先まで神経が通っているような絵のファンです。渋澤と優梨を素敵に描いてくださって、ありがとうございました。

同じく電子版からずっとお付き合いくださっている、担当のKさま。ご迷惑ばかりかけてしまっておりますが、根気強いご指導をいただき、どれだけ感謝してもしきれません。

友人・知人のみなさま。いつもたくさんの元気をありがとうございます。

そして、読んでくださったみなさまへ。心よりお礼申し上げます。少しでも作品でお返しできていることを祈るばかりです。

またどこかでお会いできますように。ありがとうございました。

栗谷あずみ

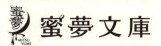

蜜夢文庫

恋文ラビリンス　担当編集は初恋の彼!?
高田ちさき〔著〕／花本八満〔イラスト〕　定価：本体660円＋税
「舐めて」長い指が口の中に……恋人ってこんなことするの!?　遂げられなかった想いを込めた一本の小説――それが結びつけた忘れられない彼。そして仮初めの恋が始まった……♡

強引執着溺愛ダーリン　あきらめの悪い御曹司
日野さつき〔著〕／もなか知弘〔イラスト〕　定価：本体660円＋税
ずっと欲しかったんだ 私のカレは強引なケダモノ……学生時代に好きだったカレとの再会、そして恋に落ちた…… でもカレには実力者の娘という婚約者がいた――!?

恋愛遺伝子欠乏症　特効薬は御曹司!?
ひらび久美〔著〕／蜂不二子〔イラスト〕　定価：本体660円＋税
「俺があんたの恋人になってやるよ」地味で真面目なOL亜梨沙は大阪から転勤してきた企画営業部長・航に押し切られ、彼の恋人のフリをすることに……!?

編集さん（←元カノ）に謀られまして　禁欲作家の恋と欲望
兎山もなか〔著〕／赤羽チカ〔イラスト〕　定価：本体660円＋税
人気官能小説家と編集担当、仕事？ それとも恋愛？　作品のためなら……身も心もすべて捧げる……!?　思いと駆け引きに揺れる、作家と編集者のどきどきラブストーリー！

最新刊

デザイン事務所で働く乃亜の前に、仕事のクライアントとして現れた人気俳優の小鳩葉汰。なぜか強引に乃亜の部屋で居候をはじめた彼に、最初は不満でいっぱいの乃亜だったが……。

♥ 好評発売中！♥

楽園で恋をする
ホテル御曹司の甘い求愛

２０１６年５月２８日　初版第一刷発行

著……………………………………………………… 栗谷あずみ
画………………………………………………………… 上原た壱
編集………………………………………… パブリッシングリンク
ブックデザイン………………… 百足屋ユウコ＋しおざわりな
（ムシカゴグラフィクス）
本文ＤＴＰ…………………………………………………… ＩＤＲ

発行人……………………………………………………… 後藤明信
発行………………………………………………… 株式会社竹書房
〒102―0072　東京都千代田区飯田橋２－７－３
電話　03―3264―1576（代表）
03―3234―6208（編集）
http://www.takeshobo.co.jp
印刷・製本……………………………… 中央精版印刷株式会社

ISBN978-4-8019-0725-6　C0193
Printed in JAPAN